EL PRÍNCIPE REBELDE

MAISEY YATES

HARLEQUIN

Editado por Harlequin Ibérica.
Una división de HarperCollins Ibérica, S.A.
Núñez de Balboa, 56
28001 Madrid

I.S.B.N.: 978-84-687-7877-8
Depósito legal: M-6143-2016
Impresión en CPI (Barcelona)
Fecha impresion para Argentina: 14.11.16
Distribuidor exclusivo para España: LOGISTA
Distribuidores para México: CODIPLYRSA y Despacho Flores
Distribuidores para Argentina: Interior, DGP, S.A. Alvarado 2118.
Cap. Fed./Buenos Aires y Gran Buenos Aires, VACCARO HNOS.

Capítulo 1

MUÉRETE o abdica. No me importa demasiado qué elijas, pero tienes que tomar una decisión ya.

Alexander Drakos, heredero al trono de Kyonos, vividor disoluto y jugador habitual, dio una profunda calada a su cigarrillo antes de dejarlo en el cenicero y arrojar sus cartas sobre el tapete.

–En estos momentos estoy un poco ocupado, Stavros –dijo al teléfono.

–¿Haciendo qué? ¿Dilapidar tu fortuna y beber hasta acabar completamente borracho?

–No bebo cuando juego. Y tampoco pierdo.

–Es una lástima porque, si perdieras, hace tiempo que tendrías que haber vuelto a casa.

–Tampoco parecéis haberme necesitado demasiado.

Era hora de mostrar las cartas y todos los jugadores lo hicieron.

Xander sonrió antes de inclinarse para recoger todas las fichas que había sobre la mesa.

–Estoy recogiendo mis ganancias –dijo mientras se levantaba y guardaba las fichas en una bolsa de terciopelo–. Que disfruten de la tarde, señores.

Tras tomar su chaqueta del respaldo de la silla y echársela al hombro entregó la bolsa a un empleado del casino.

–Sé cuánto hay –dijo sin soltar el teléfono–. Cóbralo y quédate con el cinco por ciento, no más.

Se detuvo ante la barra del bar.

–Un escocés. Seco.

–Pensaba que no bebías mientras jugabas –dijo su hermano con ironía desde el otro lado de la línea.

–Ya no estoy jugando –Xander tomó de un trago el whisky que le sirvió el camarero y luego salió del casino a las abarrotadas calles de Mónaco. Era extraño, pero el alcohol ya no le quemaba. Y tampoco le hacía sentirse mejor. Estúpido alcohol.

–¿Dónde estás?

–En Mónaco. Ayer estaba en Francia. Al menos creo que eso fue ayer. La verdad es que todo se mezcla.

–Haces que me sienta viejo, Xander, y eso que soy tu hermano pequeño.

–Suenas viejo, Stavros.

–Yo no pude permitirme el lujo de huir de mis responsabilidades como hiciste tú. Alguien tenía que quedarse y comportarse como un adulto.

Xander recordaba muy bien lo que sucedió el día que se permitió el «lujo» de huir de sus responsabilidades, como había dicho Stavros.

«Tú la mataste. Ha sido culpa tuya. Has robado algo a este país, a mí, algo que nunca podrás reponer. Jamás te perdonaré».

El recuerdo de aquellas palabras hizo que Xander sintiera la necesidad de tomarse otro whisky.

–Estoy seguro de que la gente erigirá una estatua en tu honor algún día y entonces te parecerá que todo ha merecido la pena, Stavros.

–No he llamado para mantener una «charla» contigo. Antes preferiría estrangularme con mi propia corbata.

—Entonces, ¿por qué has llamado?

—Papá ha sufrido un derrame cerebral. Es probable que muera, y tú eres el primero en la línea de sucesión, a menos que abdiques de una vez o te cuelgues una cadena con una bola de cemento al cuello y te arrojes al mar. Te aseguro que no lloraré tu pérdida.

—Seguro que te encantaría que abdicara —Xander ignoró la punzada que experimentó en el pecho. Odiaba la muerte. Odiaba su imprevisibilidad, su falta de discriminación.

Si la muerte poseyera un mínimo de cortesía, habría ido a por él hacía tiempo. Llevaba años tratando de atraerla. En lugar de ello iba a por los necesitados, a por las personas más buenas y encantadoras, a por aquellos que suponían una diferencia en un mundo lleno de depredadores y seres desalmados.

—No tengo ningún deseo de ser rey, pero no te equivoques, Xander, lo seré. El problema reside en la producción de herederos, por supuesto. Por felices que seamos Jessica y yo con nuestros hijos, no son elegibles para el trono. Según las leyes de Kyonos, los hijos adoptados no pueden aspirar al trono.

—Eso deja solo a Eva.

—Sí, y, por si no te habías enterado, está embarazada.

—¿Y qué piensa de que su hijo vaya a ser heredero del trono?

—Odia la idea. Mak y ella ni siquiera viven en Kyonos, y tendrían que trastocar por completo sus vidas para que su hijo fuera criado en el palacio. Y como bien sabes, se suponía que las cosas no iban a ser así.

Xander cerró los ojos y vio en su mente la imagen de su alocada y morena hermana. Seguro que Eva odiaría aquello. Como a él, jamás le había gustado el protocolo de la realeza.

Él ya le había robado a su madre. ¿Sería capaz de robarle también el resto de sus sueños?

–Decidas lo que decidas, decídelo pronto, Xander –continuó Stavros–. No puedes tardar más de dos días en hacerlo, pero si quieres mi opinión...

–No la quiero –Xander dio por zanjada la conversación y se guardó el móvil en el bolsillo.

Luego se encaminó hacia los muelles. Tal vez allí encontraría la cadena con la bola de cemento que necesitaba.

Layna Xenakos desmontó y palmeó el cuello de su caballo. Estaba empapada de sudor y pegajosa, y el vestido de manga larga que llevaba no ayudaba demasiado a aliviarla del calor.

Pero estaba sonriendo. Cabalgar siempre le producía aquel efecto. La vista del mar desde allá arriba y la salina brisa que soplaba junto a aquellos acantilados siempre le habían gustado. Aquella era una de las muchas cosas que le gustaba de vivir en el convento, un lugar apartado del resto del mundo, donde la falta de vanidad era una virtud. Una virtud que no necesitaba esforzarse por alcanzar. En su caso, la vanidad habría sido algo risible.

Sacó de un bolsillo su pañuelo y se cubrió con él la cabeza. Su pelo era lo único por lo que podía sentir cierta vanidad.

–Vamos, Phineas –dijo mientras tiraba de su caballo hacia los establos para dejarlo en su casilla.

Cuando se encaminaba de vuelta hacia el edificio principal del convento, miró por encima del pequeño muro de piedra que bordeaba el sendero y vio que en el huerto había varios tomates maduros colgando de sus ramas y esperando a ser recogidos. Entró en el huerto canturreando algo mientras se encaminaba hacia las tomateras.

–Disculpe.

Layna se quedó paralizada al escuchar la voz de un hombre a sus espaldas. Solían relacionarse a menudo con los hombres en el pueblo, pero era raro que alguno acudiera al convento.

Por un instante, justo antes de volverse, experimentó una punzada de ansiedad. ¿La miraría como si fuera un monstruo? Pero, para cuando se dio la vuelta, la ansiedad ya había desaparecido. A Dios no le importaba la falta de belleza externa, y a ella tampoco. La vanidad solo era un freno que impedía estar al servicio de los demás.

En resumen, aquel era el motivo por el que ella era una novicia, y no una hermana, a pesar de llevar ya diez años en el convento.

–¿Puedo ayudarlo? –el sol le daba de lleno en el rostro y Layna supo que el hombre podría ver todas sus cicatrices. Las cicatrices que le habían robado su belleza. La belleza que en otra época fue su rasgo más preciado.

El sol también le impidió ver al hombre con detalle, algo que también la libró de captar su expresión. Era alto y vestía de traje. Era un traje caro. No era un hombre del pueblo. Parecía un hombre salido de la vida que había llevado antes, un hombre que le hizo recordar los cuartetos de cuerda, los brillantes salones de baile y a otro hombre que habría sido su marido. Al menos, si las cosas hubieran sido distintas. Si su vida no se hubiera desmoronado como lo había hecho.

–Probablemente, hermana. Aunque no sé si estoy en el lugar correcto.

–No hay ningún otro convento en Kyonos, de manera que no es probable que se haya equivocado.

–Me resulta extraño estar en un convento –Xander alzó la mirada hacia lo alto y el sol lo iluminó a contraluz, oscureciendo sus rasgos–. Es extraño que aún no me haya caído un rayo.

–No es así como suele actuar Dios.

–Tendré que aceptar su palabra al respecto. Hace años que Dios y yo no hablamos.

–Nunca es demasiado tarde –dijo Layna. Porque le pareció lo adecuado. Aquello era algo que habría dicho la abadesa del convento.

–En cualquier caso, no estoy buscando a Dios. Busco a una mujer.

–Me temo que aquí no hay más que monjas.

–Tengo entendido que la mujer que busco también es una monja. Estoy buscando a Layna Xenakos.

Layna se quedó momentáneamente paralizada.

–Ya no utiliza ese nombre –aquello era cierto. El resto de las hermanas la llamaban Magdalena, un recordatorio de que había cambiado y de que en el presente vivía para los demás, no para sí misma.

Entonces el hombre avanzó hacia ella como la visión de un sueño, o una pesadilla. La personificación de aquello de lo que había estado huyendo durante los pasados quince año.

Xander Drakos. Heredero del trono de Kyonos. Mujeriego legendario. El hombre con el que prometió casarse.

El último hombre del mundo al que habría querido ver en aquellos momentos.

–¿Por qué no? –preguntó él.

Era evidente que no la había reconocido. ¿Y por qué iba a haberlo hecho? La última vez que se habían visto ella tenía dieciocho años. Y aún era bella.

–Tal vez porque no quiere que la encuentren –dijo Layna mientras se inclinaba a recoger unos tomates y trataba de ignorar los intensos latidos de su corazón.

–Yo no he necesitado hacer demasiadas averiguaciones para encontrarla.

–¿Y qué quiere? ¿Qué quiere de ella?

Xander contempló a la pequeña mujer que tenía ante sí. Llevaba el pelo cubierto por un pañuelo aunque, por el color de sus arqueadas cejas, debía de ser morena. Un lado de su rostro mostraba una suave piel dorada, tensa sobre un alto pómulo, y una carnosa boca ligeramente alzada en las comisuras. Pero aquella era solo la mitad de su rostro. Porque el otro lo tenía marcado desde el cuello hasta la mejilla. Sus labios parecían congelados en aquella parte de su cara, demasiado tensos por las cicatrices como para permitirle sonreír.

Aquella era la clase de mujer que Xander esperaba encontrar allí, no a alguien como la social y alegre Layna, que apenas contaba dieciocho años cuando se comprometieron y era una auténtica belleza. De ojos y piel dorada, su pelo color miel solía parecer siempre iluminado por el sol.

Xander ya había sabido entonces que Layna sería una reina perfecta. Ya en aquel momento era muy querida por su gente, y además era hija de uno de los gobernantes oficiales de Kyonos, lo que implicaba que tenía todos los contactos adecuados.

Por lo que había podido averiguar en los dos días que llevaba de vuelta en la isla, la familia Xenakos ya no estaba allí. Excepto Layna. Y necesitaba encontrarla.

La necesitaba. Ella era su ancla al pasado. Su aliada más segura. Para la prensa, para la gente. La habían querido y volverían a quererla.

Aunque temía que no sentirían lo mismo por él.

–Tenemos algunos viejos asuntos de los que tratar.

–Las mujeres que viven aquí no quieren hablar de viejos asuntos –dijo Layna con voz temblorosa–. Vienen aquí para comenzar de nuevo con sus vidas –añadió mientras giraba sobre sí misma y se alejaba con intención de no contestar a más preguntas.

Xander, que no estaba acostumbrado a que le dejaran con la palabra en la boca, bloqueó su salida del huerto. Cuando ella alzó el rostro hacía él con gesto desafiante, Xander sintió que el corazón se le encogía dolorosamente en el pecho. Viendo aquellos peculiares ojos verdes enmarcados por unas oscuras pestañas supo exactamente quién era.

Era Layna Xenakos, pero sin su belleza. Sin sus sonrientes ojos. Sin el hoyuelo de su mejilla derecha.

Ya apenas se sorprendía por nada, pero jamás habría anticipado algo como aquello. Desde que había abandonado Kyonos había evitado a propósito prácticamente toda noticia relacionada con su país de origen. Abrir aquella ventana hacia su pasado era como hurgar en una herida aún abierta, y solía hacerle falta mucho alcohol y muchas mujeres para volver a entumecerse.

–Layna –dijo.

–Nadie me llama así –replicó ella con dureza.

–Yo solía hacerlo.

–Pero ya no, Su Alteza. Ya no tiene derecho a eso. Ni siquiera creo que tenga derecho a un título.

Aquello dolió a Xander más de lo que habría imaginado.

–Lo tengo. Y seguiré teniéndolo –ya había tomado una decisión. Tuviera o no sentido para alguien, incluyéndose a sí mismo, había decidido dar aquel paso. Había regresado y pensaba quedarse. Aunque nadie lo sabía aún.

Y había ido a buscar a Layna porque, consciente de que él ya no era apto para la tarea de gobernar, sabía que no había ninguna mujer más adecuada para ser reina que ella.

Pero no esperaba encontrarla encerrada en un convento, y marcada hasta el punto de resultar prácticamente irreconocible.

–Te agradecería que te fueras –dijo Layna mientras avanzaba hacia él con la evidente intención de rodearlo.

Cuando Xander se interpuso en su camino, Layna le dedicó una mirada fulminante.

–Te agradecería que te fueras.

–¿Cómo puedes ser tan poco hospitalaria con tu futuro gobernante?

–La hospitalidad es una cosa, y permitir que un hombre me toque, otra. Puede que dirijas el país, puede que seas dueño de las tierras, pero no eres mi dueño.

–¿Ahora perteneces a Dios?

–Es menos inquietante que pertenecerte a ti.

–Pero una vez me perteneciste.

–Nunca te pertenecí.

–Pero llevaste mi anillo.

–Entonces aún no había hecho mis votos. Y además te fuiste.

–Pero dejé que conservaras el anillo –Xander bajó la mirada hacia las manos vacías de Layna.

–Un anillo de compromiso no resulta muy útil si no incluye un prometido. Además, he cambiado. Mi vida ha cambiado. ¿De verdad habías creído que podías volver a retomar las cosas donde las habías dejado?

Las cosas habían cambiado mucho desde la marcha de Xander. El país se había modernizado, su hermana ya no era una joven rebelde y traviesa, sino toda una mujer, y su hermano ya no era el molesto adolescente que había dejado atrás. Su padre había envejecido, y se estaba muriendo. Su padre...

Y Layna Xenakos se había retirado a un convento.

–Seré sincero contigo –dijo–. No soy precisamente el hijo favorito de la familia Drakos, pero he decidido que voy a gobernar. Para la próxima generación incluso más que para esta.

–¿Qué quieres decir?

–Los hijos de Stavros no pueden heredar, lo que solo deja al hijo de mi hermana. Pero eso supondría unos cambios demasiado radicales para su vida. He hecho muchas cosas egoístas en mi vida, Layna, y pienso seguir haciéndolas, pero no puedo condenar a mi hermano a vivir una vida que nunca ha querido. Y tampoco puedo cargar al hijo de mi hermana con una responsabilidad que nunca estuvo destinada a él –ya había arruinado lo suficiente la vida de sus hermanos. La infancia de estos había pasado mientras él estaba fuera. La infancia de unos hijos sin madre.

Eva, la más joven, era la que más había sufrido, y no podía hacerle más daño.

–Hablas de la corona como si fuera una copa envenenada –murmuró Layna.

–En muchos sentidos es así. Pero es mía, y ya he pasado demasiados años tratando de pasársela a otros.

Xander había sido preparado para asumir aquella responsabilidad hasta los veintiún años. Era lo que se había esperado de él.

–¿Tienes problemas de conciencia, Xander? –preguntó Layna, y el hecho de que hubiera utilizado su nombre de pila hizo que este experimentara un estremecimiento cargado de recuerdos.

–Yo no iría tan lejos. Puede que se deba al vago recuerdo de lo que es el honor, a toda esa sangre azul que corre por mis venas –replicó Xander en tono cínico–. Imagina mi decepción cuando he descubierto que no había logrado sustituirla toda por alcohol.

–Supongo que eso ha supuesto una decepción para muchos.

–Estoy seguro de ello. Pero he pensado que puede haber un modo de suavizar el golpe.

–¿Qué modo?

–Tú –dijo Xander–. Voy a necesitarte, Layna.

Capítulo 2

LAYNA se quedó paralizada al escuchar aquello.
–¿Disculpa?
–Te necesito.

–No sé cómo has llegado a esa conclusión, pero te aseguro que te equivocas.

–La gente te quiere a ti. No me quieren a mí, Layna.

–¿Que la gente me quiere a mí? –espetó Layna, que volvió a experimentar una rabia con la que creía haber acabado hacía tiempo.

–Sí –contestó Xander, como si no hubiera captado la advertencia del tono de Layna.

–La gente se comportó como una manada de animales cuando te fuiste, Xander. Todo se desmoronó cuando te fuiste, pero supongo que eso ya lo sabes.

–Después de irme no me dediqué a ver las noticias. Es fácil ignorar una isla tan pequeña como Kyonos cuando no estás en ella.

–Entonces... ¿no sabes que todo se fue al traste cuando te fuiste, que muchas empresas se hundieron y se perdieron miles de puestos de trabajo?

–¿Todo porque me fui?

–Seguro que estabas al tanto.

–Solo en parte. Se puede evitar mucha información cuando te pasas borracho la mayor parte del día. Pero, por tu forma de expresarlo, parece que me consideras responsable de que se hundiera la economía del país.

Layna se encogió de hombros.

–Tu marcha, la muerte de la reina, la depresión del rey... Fue una combinación terrible, y nadie estaba seguro de cómo estaban las cosas. La gente estaba enfadada –Layna miró a Xander mientras trataba de encontrar un lugar de serenidad en su interior. De fuerza. Lo que le había sucedido a ella no era ningún secreto. Había aparecido en la prensa, en Internet...

Pero no estaba dispuesta a mostrarle a Xander que le importaba. No iba a ser débil. Todo era vanidad y solo vanidad.

–Hubo disturbios en las calles, ante las casas de los gobernante a los que se culpaba de la crisis económica. Se produjeron ataques personales, algunos con ácido. Nosotros estábamos saliendo de nuestra casa cuando un hombre trató de arrojar un cuenco lleno de ácido a mi padre. Pero el ácido cayó sobre mí. Supongo que no necesito decirte dónde –Layna trató de esbozar una sonrisa, aunque le resultaba muy difícil controlar lo que hacía la mitad de su boca, especialmente cuando sonreír era lo último que le apetecía hacer–. De manera que creo que es justo decir que la gente no me quiere tanto como tu crees –añadió a la vez que pasaba junto a Xander, decidida a dar por zanjado aquel encuentro.

Cuando Xander la sujetó por el brazo, Layna experimentó algo parecido a una vaharada de calor a la vez que su aroma la alcanzaba con la fuerza de un puñetazo en el plexo solar. Su cabeza se llenó de recuerdos de bailes en deslumbrantes salones, de paseos por exóticos jardines, de un beso que habría sido su primer beso... De pronto sintió ganas de llorar por todo lo que pudo haber sido y no fue. Sus labios ya no eran los que fueron. Ni siquiera existían los que conservaba, porque había prometido renunciar a los placeres de la vida para dedicarse en cuerpo y alma a servir a los demás...

Pero Xander era... era demasiado. Estaba allí mismo, ante ella, cuando ya no quería verlo, no quince años antes, cuando realmente lo había necesitado.

–Ahora que sabes cómo fueron las cosas será mejor que te vayas, Xander. Si estás buscando un billete para la salvación, aquí no vas a encontrarlo.

–No estoy interesado en la salvación. Pero sí quiero hacer lo correcto. Es toda una novedad, ¿verdad?

–Yo no puedo ayudarte en eso. Será mejor que te vayas –insistió Layna.

–Voy a quedarme aquí esta noche.

–¿Qué? –preguntó Layna, conmocionada.

–He hablado con la abadesa y le he explicado la situación. Hasta que no esté preparado no quiero que la gente sepa que estoy aquí. Y tengo intención de llevarte de vuelta conmigo.

–Claro. Y lo que yo pueda opinar al respecto no cuenta, ¿no?

–No.

–¿No importa el hecho de que ya no sea yo misma?

Xander contempló el rostro de Layna con una frialdad rayana en el insulto. Antes jamás la había mirado así. Siempre había habido calor en su mirada.

–Te lo diré por la mañana –contestó, y a continuación giró sobre sus talones y se encaminó hacia el edificio principal del convento.

Layna contempló cómo se alejaba, decidida a hablar cuanto antes con la abadesa. Al día siguiente, Xander desaparecería de allí y tan solo volvería a ser un recuerdo que trataría por todos los medios de no tener.

Era temprano por la mañana cuando la madre Maria Francesca la llamó a su despacho.

–Deberías irte con él.

–No puedo –dijo Layna a la vez que daba un instintivo paso atrás–. No quiero volver a esa vida. Quiero estar aquí.

–Solo quiere que le ayudes a establecerse. Y ya que quieres servir a los demás, creo que esa sería una buena forma de hacerlo.

–Sola. Con un hombre.

–Si voy a tener que preocuparme de cómo vayas a comportarte con un hombre a solas, puede que esta no sea tu misión.

La abadesa no pronunció aquellas palabras con enfado, ni en tono de condena, pero Layna se sintió terriblemente expuesta, como si sus motivos, motivos que siempre había temido que no fueran totalmente puros, fueran completamente evidentes para la mujer que consideraba su superiora espiritual.

Todo aquel feo miedo e inseguridad. Su vanidad. Su rabia. Aquel viejo deseo que nunca parecía extinguirse del todo...

–No es eso –dijo Layna–. Me refiero que no me asusta caer en la tentación. Pero las apariencias...

–Las apariencias son en lo que se fija la gente, querida, pero Dios ve nuestro corazón. ¿Qué más da lo que piense la gente del arreglo, de ti?

–Supongo que no importa –Layna sabía que lo que ella quisiera tampoco importaba. No podía tirarse al suelo y tener una rabieta. El verdadero sacrificio era duro. Servir a otros podía ser duro.

–Tienes una oportunidad única de hacer el bien, una oportunidad que los demás casi nunca tenemos. Debes utilizarla.

–Yo... pensaré en ello. Rezaré –Layna tuvo que parpadear para alejar las lágrimas mientras salía del despacho.

Para cuando llegó al pasillo estaba corriendo hacia los establos. Necesitaba cabalgar.

Y así lo hizo. Hasta que el viento hizo que le picaran los ojos, hasta que ya no supo si era sudor o lágrimas lo que corría por su rostro. Se detuvo en lo alto de la colina y contempló desde el acantilado las olas golpeando contra las rocas, abrumada por la emoción.

Se inclinó hacia delante y enterró el rostro en el cuello de Phineas. Maria Francesca tenía razón. Le dolía admitirlo, pero era así. Ella no había hecho los votos, y sabía que en el fondo se debía a que había una parte de sí misma que aún echaba de menos los bailes, que anhelaba un marido, hijos, la vida que había dejado atrás.

Si se quedara allí estaría a salvo. Pero se quedaría atascada. Nunca haría sus votos porque nunca se sentiría segura de que aquella fuera su vocación real. Y le había costado tanto admitirlo porque no sabía a qué otro sitio ir o qué otra cosa hacer.

«Puedes irte con él», susurró una vocecita en su interior.

Pero no por él. Por ella. Para dar definitivamente por zanjado aquello.

Xander había desaparecido de su vida sin previa advertencia, y su abandono había resultado aún más doloroso después del ataque que había sufrido. Allí en el convento se sentía a salvo, pero estaba paralizada, suspendida en el tiempo y, por mucho que le costara reconocerlo, aquel escudo protector no iba a servirle para sanar sus heridas.

Sí, iba a hacer aquello y, tal vez, cuando todo hu-

biera acabado, habría experimentado el cambio que
tanto anhelaba. Cuando el convento hubiera dejado de
ser únicamente un lugar en el que esconderse podría
regresar para hacer sus votos.

Todas sus pertenencias cabían en una sola maleta.
Cuando una no necesitaba productos para el pelo, maquillaje, vestuario, o nada más allá de las cosas esencia-
les, la vida resultaba bastante simple.

Al asomarse al umbral de la puerta vio a Xander en
el exterior, contemplando las vistas del mar.

–Supongo que tendrás un ostentoso coche aguar-
dando para llevarnos de vuelta a la civilización.

Xander se volvió hacia ella con una sonrisa en los
labios.

–Por supuesto. Es esencialmente un falo de ocho
cilindros.

–¿Necesitas compensar así tus carencias?

Las palabras escaparon de entre los labios de Layna
sin que esta las hubiera procesado previamente. Parecían las palabras de una desconocida. La voz de una
desconocida.

Al parecer, estar con Xander no solo le hacía evocar
recuerdos, sino que también hacía aflorar sus viejas
tendencias. El sarcasmo y las respuestas agudas no estaban bien vistos en el convento, aunque en el pasado
aquella había sido la mejor forma que había encontrado
para comunicarse en el estrecho círculo social en que se
movía Xander. Todos simulaban sentirse aburridos de
lo que los rodeaba y mostraban estar en la onda con
comentarios cortantes y risas irónicas.

Pero estaba claro que Xander también había cambiado en aquel aspecto. El aire de petulancia aristocrá-

tica con el que solía desenvolverse ya no estaba allí. Conservaba su perezosa sonrisa, su traviesa boca, pero ahora había algo más profundo tras el brillo de sus ojos. Algo oscuro. Algo que hacía que se le encogiera el estómago y que su corazón latiera con más fuerza.

–Disculpa. Mi comentario no ha sido divertido ni adecuado. Estoy lista para irnos cuando quieras.

Xander se encogió de hombros, tomó la maleta que sostenía Layna y se encaminó hacia la zona de aparcamiento del convento. Se detuvo ante un elegante deportivo rojo.

–Soy un tópico. El príncipe playboy. Resultaría vergonzoso si no fuera tan divertido.

–Hay más cosas en la vida que la diversión.

–Pero la diversión también forma parte de la vida.

–Desde luego.

–Creo que tu has olvidado la parte de la diversión –dijo Xander mientras metía la maleta en el maletero.

–Creo que tú has cubierto esa fase con creces para los dos.

Xander sonrió.

–No sabes hasta qué punto.

–Supongo que no.

–¿Qué te parece si entras en el coche y seguimos con la conversación mientras vamos a Thysius?

A pesar de que el miedo y los nervios impulsaban a Layna a salir corriendo de allí para refugiarse de nuevo en el convento, entró en el coche. El interior olía a cuero y a nuevo. Y a dinero.

–¿Dónde vamos a alojarnos? ¿Qué vamos a hacer?

–En el palacio. Ya lo conoces.

–Sí –respondió Layna escuetamente. Hubo una época en que aquel palacio iba a ser su hogar. Una época en la que ella iba a ser la reina.

–La prensa va a encontrar sensacional todo esto.

–Eso es lo que me temía.

–Es la historia que necesito. Tú y yo colaborando para sacar al país adelante, para llevarlo hacia una nueva era.

–¿Por qué me siento como si me estuvieras sugiriendo que juntos podemos gobernar la galaxia como padre e hijo?

–¿Estás diciendo que te estoy pidiendo que te unas al Lado Oscuro de la fuerza?

–Algo así.

–Parece un comentario muy extraño para una monja.

–Aún no soy monja. Soy una novicia. Pero veo películas. En el convento no hay muchas diversiones, y tampoco estamos serias todo el rato.

Layna experimentó una nueva sensación de pánico cuando el coche comenzó a alejarse del convento en dirección al mundo. El pánico se transformó de pronto en enfado. Ella no había pedido nada de aquello. No había pedido que Xander regresara, ni había pedido volver a estar en la mira de la prensa. Tampoco había pedido que la atacaran, que le robaran su vida...

El miedo fue aumentando mientras se alejaban del convento y se acercaban a la capital, hasta el punto de que empezaron a castañetearle los dientes. Apretó los puños para tratar de contenerse, pero fue inútil.

«Ya te han privado de suficientes cosas. Xander ya se llevó demasiado de ti. No dejes que se lleven nada más».

Aquella poderosa voz interior hizo que el temblor amainara. Porque aquello era cierto. Demasiada parte de su dolor pertenecía a Xander, a la gente de Kyonos, y no pensaba entregarles un ápice más.

Ayudaría. Haría lo que estuviera en su mano para

que su país se recuperara, para que Xander quedara en una buena situación. Pero no se entregaría a sí misma. Podían contar con sus actos, con su presencia. Pero no con ella.

–No eres tu sola –dijo Xander con aspereza.

–¿Qué?

–No eres tú la única que va a ser juzgada.

Por un momento, Layna temió haber expresado sus pensamientos en alto.

–Puede que no. Pero yo soy la única de los dos que no hizo nada para ganarse ese juicio –replicó, consciente de que su comentario era cierto, aunque no hubiera sido precisamente amable.

Xander rio.

–Eso es verdad. Yo sí que he hecho cosas para ser juzgado. Pero la verdad es que me he divertido mucho haciéndolas.

Capítulo 3

XANDER se sentía como solía sentirse a veces después de haber bebido mucho. Le dolía la cabeza. Tenía el estómago fatal y los recuerdos asediaban su mente, amenazando con surgir.

Detuvo el coche ante la verja. Stavros no sabía que estaba allí. Si lo hubiera llamado probablemente habría vuelto a sugerirle que se tirara de un puente, y tal vez habría logrado convencerlo.

Sacó su móvil y marcó el número de su hermano.

–¿Estás en el palacio? –preguntó Xander en cuanto respondió.

–No –contestó Stavros con evidente cautela.

–¿Dónde estás?

–En Grecia, de vacaciones con mi familia. Me temo que la vida en palacio es bastante aburrida y necesitábamos un cambio de ritmo.

–Recuerdo bien la pesadez y el aburrimiento.

–Pues yo no recuerdo que hubiera nada que te resultara pesado o aburrido. Nunca te tomabas nada en serio.

–Puede que entonces no, pero ahora estoy aquí. Oh, sí, he decidido volver y asumir mis responsabilidades como rey. Creo que eso no te lo había mencionado.

Se produjo una larga pausa. Xander miró a Layna, que aguardaba en el coche mirando de frente, simulando que no estaba escuchando.

–Me alegra oír eso –dijo finalmente Stavros, y Xander lo creyó–. Pero si esto es uno más de tus juegos, te sugiero que regreses rápidamente al lugar del que has venido. Ha costado mucho conseguir que Kyonos recupere parte de la normalidad, y no pienso permitir que destruyas eso.

–No te preocupes, Stavros. Lo único que he tratado de destruir durante estos años ha sido a mí mismo.

–Y también has destruido a otros en el proceso.

Xander miró a Layna y sintió que se le encogía el corazón.

–Esta vez no –replicó–. Y ahora haz el favor de llamar para que me dejen entrar.

–Encontrarás tus aposentos tal y como los dejaste.

Xander rio.

–Espero que aún sigan las revistas porno bajo el colchón.

Y allí seguían. Estaban pasadas de moda y no eran tan escandalosas como había creído durante su adolescencia. El encargado del protocolo de recepción del palacio acompañó a Layna a sus habitaciones mientras el consejero real conducía a Xander a las suyas. El hombre, tan viejo como el rey, estaba claramente conmocionado y trató de obtener respuestas de Xander. Desafortunadamente, este no estaba de humor para complacerlo. Despidió al anciano en cuanto estuvo en sus habitaciones y cerró la puerta para mirar a su alrededor. Lo primero que hizo fue comprobar que las revistas seguían bajo el colchón. Solía emocionarle mirarlas a escondidas y disfrutar de ellas. Pero esa época había pasado. El misterio y el interés por descubrir cosas nuevas había desaparecido de su vida. Se esfumó el día que murió su madre, el día que se vio obligado a ver la fealdad y el horror que podían ocultar las apariencias.

A partir de entonces decidió hacer todo aquello que la gente soñaba con hacer pero que no se atrevía debido a sus prejuicios morales. La moral no significaba nada para él. Ni tampoco su imagen. Era sincero respecto a lo que quería. Tomaba lo que deseaba. Como hacían los que lo rodeaban. Fuera con el juego, con las drogas o el sexo, lo hacía todo con transparencia, mostrando a la vida su dedo medio alzado.

Había encontrado un extraño alivio llevando aquella vida, pecando abiertamente. Lo que no soportaba era la simulación de civilización.

Y ahora estaba de vuelta en el palacio. De vuelta al espectáculo, de vuelta a las cadenas, a simular que era alguien que nunca estuvo destinado a ser.

Tras arrojar las revistas bajo la cama se pasó las manos por el pelo y se volvió hacia donde habían dejado su equipaje. Necesitaba corbatas, algo que había descartado de su vestuario desde que se había ido de Kyonos. De momento tendría que utilizar sus trajes con la camisa abierta.

Salió de sus aposentos sin saber muy bien adónde se dirigía.

—¿Dónde está Layna? –preguntó al ama de llaves del castillo al cruzarse con ella.

—¡Oh! –la mujer parecía totalmente conmocionada–. Su Alteza...

—Xander –replicó él, impaciente con los formalismos–. ¿En qué habitación está?

—La señorita Xenakos está en el ala este, en la Suite Crema.

—Estupendo.

Xander se encaminó en aquella dirección. No tenía

nada más que hacer y no había nadie más en el palacio con quien quisiera hablar. Debería haber ido a buscar al consejero de su padre. Debería haber ido a ver a su padre al hospital. Debería haber llamado a su hermana.

Pero no quería hacer nada de aquello. Lo único que quería era ir a la Suite Crema.

Finalmente, tras perderse dos veces por los largos pasillos del palacio, llegó a la suite. Encontró a Layna sentada en el borde de la cama. Cuando volvió el rostro hacia él, Xander se sintió nuevamente conmocionado por su aspecto.

Había sido tan bella... Se destruyeron tantas cosas bellas en aquella época... A causa de sus acciones, o por el mero hecho de haber nacido.

–¿Qué quieres Xander?

–He venido a hablar contigo. Y a comer. Estoy seguro de que el servicio habrá sido alertado sobre mi presencia y querrán prepararme mi comida favorita. O al menos no querrán dejar que me muera de hambre –añadió Xander con ironía.

–Supongo que el heredero de la corona no sería muy útil si se muriera de hambre. Y tampoco estando ausente y borracho.

–No. Al parecer tampoco he hecho ningún bien durante mi ausencia. Entonces no era el rey y tampoco lo soy ahora. Simplemente soy el primero en la línea sucesoria.

–Pero nos dejaste –dijo Layna con una tristeza que Xander sintió hasta el tuétano de sus huesos.

–Te dejé a ti.

–Sí.

–¿Te rompí el corazón, Layna?

Layna negó lentamente con la cabeza.

–No en el sentido al que te refieres. No te amaba,

Xander. Estaba encaprichada de ti, desde luego, pero lo cierto era que apenas nos conocíamos. Eras muy atractivo, y no puedo negar que me sentía atraída por ti. Era como una urraca a la que atraen las cosas brillantes.

–¿Yo era brillante?

–Lo más brillante que había.

–No sé cómo tomarme eso.

–Sobrevivirás –Layna bajó la mirada–. Me encantaba la perspectiva de ser reina. A fin de cuentas, me educaron para eso.

–Eso es cierto –Xander no necesitó aclarar que él no había estado enamorado de ella. Eso se había evidenciado en sus actos. Cuando se fue de Kyonos apenas dedicó un pensamiento a lo que aquello supondría para Layna. Tan solo fue capaz de pensar en su propio dolor.

–Pero pensé que encontraría a algún otro. Tal vez Stavros.

–¿Querías casarte con Stavros?

Layna se encogió de hombros.

–Lo habría hecho. Pero después del ataque con ácido no quería ver a nadie, y menos aún casarme.

–Y te recluiste en el convento. Fue una decisión muy drástica, ¿no?

–No. Pasé varios años luchando contra la depresión, pero gracias por tu despreocupado comentario sobre mi dolor.

Aquello hizo que Xander permaneciera unos momentos en silencio, algo realmente difícil de conseguir en su caso.

–¿Cuánto tiempo has estado en el convento?

–Diez años. Me cansé de sentir lástima por mí misma y vi la oportunidad de ser útil. Ya que no podía encajar en la vida que había llevado antes, decidí crearme una nueva.

−¿Y has sido feliz?

−Me he sentido razonablemente satisfecha.

−¿Pero no feliz?

−La felicidad es algo temporal, Xander. Algo pasajero. Prefiero sentirme satisfecha.

Xander rio sin humor.

−Yo no me he sentido feliz ni satisfecho. Me gusta perseguir momentos intensos de euforia.

−¿Y has conseguido alcanzarlos?

−Sí −Xander metió las manos en los bolsillos de su pantalón y se apoyó de costado contra el marco de la puerta−. Pero cuanta más alta era la subida, más dura era la caída.

−No tengo ni idea sobre eso. Trato de llevar una existencia más sencilla y útil.

−¿Quieres elegir algún vestido para comer?

Layna bajó la mirada hacia el sencillo vestido sin forma que llevaba. Era azul, estampado de flores, y también vestía un jersey azul marino que disimulaba por completo sus curvas.

−¿Qué tiene este de malo? Hoy en día no soy precisamente dada al materialismo y, a menos que estuvieras empeñado en contemplar mi figura, no entiendo por qué no te parece adecuado. No sé qué más puedes necesitar de mí. Si voy a ser un accesorio más en tu intento de que la gente te vea como un auténtico candidato al trono, estoy segura de que mi estilo conservador te vendrá mejor que ningún otro.

−No creo que fuera eso lo que le gustaba a la gente de ti.

−Puede que no, pero eso ya no tiene remedio.

−Solías ser deslumbrante −dijo Xander, sin saber muy bien de dónde habían salido aquellas palabras ni por qué las había pronunciado.

–También solía ser preciosa –los ojos dorados de Layna parecían en llamas cuando lo miró–. Las cosas cambian.

Xander se apartó de la puerta mientras una avalancha de imágenes de los pasados quince años invadía su mente; los casinos, las mujeres, el alcohol...

–Sí que cambian. Nos vemos a la hora de comer –dijo antes de salir.

Volvió a perderse mientras regresaba a sus habitaciones. Estaba seguro de que nunca iba a sentirse como en su hogar en aquel maldito palacio. Pero lo cierto era que había estado en muchos sitios aquellos últimos quince años y en ninguno de ellos había sentido que estaba en su hogar.

Estaba empezando a pensar que aquel lugar no existía para él.

Capítulo 4

XANDER le había hecho sentirse muy consciente de su vestido, y sus palabras habían sido como una cuchillada para Layna, una cuchillada que había alcanzado de lleno su corazón, un corazón que había llegado a creer invulnerable a aquella clase de cosas.

«Solía ser preciosa. Las cosas cambian».

Desde luego que cambiaban.

Ella había sido una mujer definida por su aspecto, por su posición ante la mirada pública, pero todo había cambiado en un instante.

Seguía siendo una mujer definida por su aspecto... pero a la gente ya no le gustaba lo que veía.

La prensa se refería a ella como la *desfigurada*, como la *antigua belleza*, como la *muerta viviente*.

Aquello la había sumido más y más en su propia oscuridad, en el aislamiento. Había sido un infierno. Y había tenido que escapar.

Encontrar una nueva vida era lo más duro que había hecho nunca. Su familia no había sabido qué hacer con ella, cómo ayudarla. Su existencia también se había visto profundamente alterada. La posición que los aguardaba como parientes políticos de la familia real se había desvanecido.

Al final todos se marcharon a Grecia. Su madre, su padre y sus hermanas. Pero Layna se quedó. Y todo lo que había tenido que soportar debería haberla vuelto inmune a comentarios como los de Xander.

Tenía treinta y tres años. Ya no era ninguna niña. Sabía que la vida no consistía tan solo en vestidos bonitos, bailes y belleza. Lo sabía. Pero no le había gustado nada que Xander hubiera sugerido que debía hacer un esfuerzo por ponerse guapa para comer con él.

—Me alegra que hayas venido.

Layna se detuvo en el umbral de la puerta de entrada al comedor.

Xander era la única persona sentada a la larga mesa. En otra época, aquella sala habría estado llena de comensales. Vestía un elegante traje negro y una camisa blanca con el botón del cuello desabrochado. Layna pensó que en la época de su compromiso no parecía tan fuerte y musculoso. Solía ser más esbelto, con el rostro más suave, de rasgos menos marcados y mandíbula menos pronunciada. Y sus ojos parecían mucho más penetrantes que entonces.

Xander era un hombre de pies a cabeza.

—No he llegado tarde —dijo Layna mientras entraba lentamente en la sala.

—No, pero no sabía si ibas a molestarte en venir.

—He dicho que lo haría y aquí estoy.

—No eres una chica especialmente suave, ¿verdad Layna?

—¿Lo fui alguna vez, Xander?

La sonrisa que esbozó Xander hizo que Layna experimentara un extraño cosquilleo en el estómago.

—No. Ahora que lo mencionas, nunca lo fuiste. Aunque solía parecer que podías serlo.

—Supongo que se debía a que llevaba el pelo teñido y me gustaban los vestidos rosas.

—Puede. Pero te recuerdo en más de una fiesta haciendo comentarios sobre el aspecto de las demás mujeres.

Layna también lo recordaba. Recordaba sus mordaces comentarios sobre el vestuario y el aspecto de las demás invitadas. Sí, siempre solía tener alguna opinión sobre el aspecto de los demás. Especialmente sobre sus defectos. Aún le avergonzaba recordarlo.

–Es cierto. Era muy joven y aún me faltaba mucho por aprender. Pero he tenido unos cuantos años para hacerlo.

–¿Y lo has conseguido? –preguntó Xander con expresión insolente.

–Por supuesto.

–Pensaba que a lo mejor estabas jugando al escondite.

Layna ocupó un asiento a cierta distancia de Xander.

–¿Y tú? ¿Estás jugando al escondite?

–Desde luego, pero me han encontrado y ahora no me queda más remedio que enfrentarme a todo esto.

–No pareces especialmente encantado con la perspectiva.

En aquel momento entraron varios sirvientes al comedor con unas bandejas llenas de comida que dejaron en la mesa. Uno de ellos se ocupó de servirles vino en las copas.

–¿Tienes permitido beber? –preguntó Xander.

–Sí, mientras no sea en exceso. Recuerda que aún no he hecho mis votos.

–¿Por qué no?

Layna se ruborizó ligeramente.

–Aún no me han permitido hacerlo.

–¿No depende de ti?

–No. Antes de ir al convento me sentía muy abatida. No sabía qué hacer con mi vida. Todo cambió para mí después...

–Después de que me fuera –concluyó Xander por ella.

Los sirvientes salieron y Layna y Xander volvieron a quedarse solos en el enorme comedor.

–Después de que te fueras y después del ataque.

–No pensé en ti cuando me fui –dijo Xander.

Layna rio con amargura. Ella no había hecho más que pensar en él, preocuparse por él, sufrir por él. Xander era el hombre con el que había esperado irse a la cama cada noche, el hombre con el que iba a tener hijos, el hombre que iba a hacerla reina.

Pero se fue y se llevó consigo sus sueños, su propósito en la vida.

–Eso supuse –contestó.

–Fue más fácil así. Pero ahora quiero saber.

–Fue tu padre el que me dijo que te habías ido. Me pidió que devolviera el anillo.

–¿En serio? –preguntó Xander tras un momento de sepulcral silencio.

–Sí. Formaba parte de las joyas de la corona de la familia Drakos y no podía conservarlo.

–No creo que nadie lo echara mucho de menos en el polvoriento armario en el que se conservan –dijo Xander con ironía.

–¿De verdad te sientes ofendido en mi nombre? –preguntó Layna, que tuvo que esforzarse para contener su enfado–. Dado que fuiste tú el que se marchó, resulta un tanto hipócrita, ¿no te parece?

–Mi marcha no tuvo nada que ver contigo.

–No. Ya me has aclarado que no volviste a pensar en mí.

–Pensé en ti después. Es cierto que cuando me marché solo pensé en mí, y ahora lo lamento. Pero después sí pensé en ti. Dadas las circunstancias, no podría haber sido tu marido.

Layna tomó un bocado del arroz con verduras que tenía ante sí y su delicioso sabor hizo que su enfado amainara un poco. No solía comer comida como aquella en el convento. A pesar del desagradable tema del que estaban hablando, la comida era increíble. Como el vino.

Permaneció un rato en silencio, disfrutando de su comida, pero luego cometió el error de alzar la vista para mirar a Xander. A partir de aquel instante fue incapaz de apartarla. Su cuerpo se tensó y su corazón latió con fuerza en su pecho.

A pesar de lo mucho que se había esforzado en no recordar aquel rostro, le resultaba tan familiar... La piel dorada, perfecta, los ojos marrones oscuros enmarcados por unas densas pestañas negras, unos labios que prometían el cielo cuando sonreían, y que hacían imaginar a cualquier mujer la maravillosa clase de infierno al que podría llevarla con un beso.

Todo aquello era tan familiar...

Pero las pequeñas arrugas que rodeaban su boca se habían endurecido, y sus sonrisas parecían un fantasma de lo que fueron.

Xander había sido un auténtico Apolo a los veintiún años, y a los treinta y seis seguía siendo deslumbrante.

El tiempo no había sido tan amable con ella, pero no tenía ningún sentido que estuviera mirando a Xander como lo estaba haciendo. No tenía sentido tratar de memorizar los nuevos rasgos de su rostro. Era como si hubiera estado en coma y hubiera empezado a salir de este. Estaba empezando a recordar lo que tanto se había esforzado en olvidar.

—No estaba destinada a ser tu esposa —dijo a la vez que bajaba de nuevo la mirada hacia el plato.

—Ah, ¿no?

–No. Encontré una nueva vocación en el lugar en el que se supone que debería estar ahora.

–¿Crees que estarías mejor escondida en las montañas que siendo la reina de Kyonos?

Layna era muy consciente de lo que habría que hacer para resolver los problemas del país, pero no era ella la llamada a llevar a cabo aquella tarea.

El príncipe Stavros había hecho un trabajo admirable, más que admirable, aunque aún había mucho que hacer en el terreno humanitario. Pero sería la mujer con la que se casara Xander la que podría ocuparse de aquello, no ella.

Cuando volvió a mirar a Xander se hizo repentinamente consciente de todo lo que había perdido. A esas alturas llevarían casados quince años. Habrían tenido hijos. Ella no estaría marcada...

No servía de nada regodearse en el pasado, ni pensar en cómo habrían podido ser las cosas, pero resultaba difícil no hacerlo teniendo a Xander delante. Resultaba mucho más fácil lograrlo estando encerrada en el convento.

–No estaba destinada a ser reina –dijo con toda la firmeza que pudo.

–Puede que yo no estuviera destinado a marcharme.

–Pero te marchaste. Y las cosas han cambiado. Los demás no nos quedamos congelados en el tiempo durante tu ausencia. Desde entonces han pasado muchas cosas que ya no tienen vuelta atrás. Además, en aquella época yo habría sido una reina egoísta y tonta. Y ahora... ahora ya no puede ser –Layna apoyó ambas manos en la mesa y miró atentamente a Xander–. En realidad no entiendo por qué has vuelto. A fin de cuentas, ¿qué ha cambiado? Te fuiste y nadie esperaba que volvieras. Pero has regresado y pretendes arrastrarme contigo en tu cruzada, así que quiero saber por qué.

Xander movió la cabeza, pero no dijo nada. Se limitó a volver la mirada hacia la ventana y a contemplar la oscuridad que reinaba en el exterior.

—Contéstame, Xander —insistió Layna—. Tengo derecho a saber por qué has vuelto a mi vida de forma tan intempestiva.

—Porque ahí fuera no había nada. No encontré respuestas. Mi marcha no arregló nada. Si Stavros o Eva quisieran el trono, nunca habría vuelto. No sé si seré capaz de hacer bien las cosas. Lo más probable es que no, pero al menos el responsable seré yo.

—Quieres a tus hermanos, ¿verdad?

—Querer no es algo que se me dé especialmente bien —dijo Xander con aspereza—. Pero estaría dispuesto a morir por ellos.

—Eso es algo.

—¿Un resquicio de humanidad? —dijo Xander con ironía.

—Sí —Layna respiró profundamente—. ¿Pero qué estoy haciendo yo aquí? Me has ha dicho que es por la prensa, pero no creo que eso sea todo.

—Es una parte.

—Necesito que me lo expliques todo.

—¿Quieres una respuesta sincera?

—Si eres capaz de dármela, sí.

—Yo no miento, Layna. Eso es algo que no me permito. La gente miente para protegerse, para gustar a los demás, para ocultarse de lo que han hecho porque les avergüenza. Pero yo no tengo vergüenza y me da lo mismo gustar o no a la gente. Mis pecados son propiedad pública.

—En ese caso, dame una respuesta sincera.

—Había pensado en casarme contigo —contestó Xander en tono desenfadado, como si estuviera hablando del tiempo.

—¿En serio? —preguntó Layna, completamente aturdida.

Esposa. La esposa de Xander.

Aquello era imposible. Y además no quería. Su vida estaba en el convento, sirviendo a los demás, alejada de las frivolidades del mundo, de las pasiones. Pero estar en aquel palacio, con aquel hombre, estaba haciendo que afloraran todos aquellos brillantes recuerdos, aquellos sueños que ya creía casi olvidados.

—Obviamente, eso ya no puede suceder —dijo Xander.

A pesar de sí misma, Layna se sintió prácticamente abofeteada por aquellas palabras.

—Obviamente —dijo con toda la indiferencia que pudo—. ¿Qué pensaría la gente si me tomaras ahora como esposa?

—Me refería a que al entrar al convento renunciaste al matrimonio. Si te hubiera encontrado en algún otro lugar me habría ceñido a mi plan original y te habría propuesto matrimonio de inmediato.

—Y yo te habría mandado al infierno de inmediato —replicó Layna a pesar de sí misma.

—Veo que no has cambiado tanto como había creído.

—En eso te equivocas —dijo Layna a la vez que se levantaba—. Todo ha cambiado. Yo he cambiado. Mi vida ha cambiado.

Xander se levantó y avanzó hacia ella sin dejar de mirarla.

—A mí no me parece que hayas cambiado tanto como crees. Cuando te miro veo con mucha facilidad a la chica que fuiste. Entonces eras rubia.

—Solía teñirme.

–Lo sospechaba. Pero te sentaba bien.

–Vanidad y nada más que inútil vanidad –replicó Layna con un gesto de la mano.

–¿Y qué tiene de malo si disfrutas de ella? Aunque siga siendo vanidad, no tiene por qué ser inútil.

–Yo creo que sí.

Cuando Xander dio otro paso hacia ella, Layna sintió que el corazón se le subía a la garganta.

–Tenías fuego. Bajo tu aparentemente alocada superficialidad había mucho más de lo que se podía adivinar. Eras como una pequeña llama a punto de convertirse en un incendio.

Layna negó con la cabeza.

–Eso da igual. Ahora he cambiado y...

–No. Sigues haciéndolo. Sigues ocultando lo que realmente eres.

–No es fuego lo que oculto, sino mi rostro. Y, si me vas a decir que eso da igual, yo te voy a contestar que eres un mentiroso –desde que había sufrido el ataque, Layna había experimentado todo tipo de emociones, pero nunca se había enfadado. Se había sentido triste, deprimida, sola, pero nunca se había enfadado. Sin embargo, en aquellos momentos se sentía furiosa–. Mírame. Mírame de verdad, Xander. ¿Imaginas mi rostro en las portadas de las revistas, de la prensa? ¿Me imaginas asistiendo a fiestas como si no hubiera pasado nada, como si fuera la Layna de siempre? Por eso me fui al convento. Porque allí no importaba que mi rostro fuera diferente. Soy fea, Xander y, aunque yo me acepte tal como soy, siempre habrá gente que no lo haga. Y no veo motivo para tener que pasar por ello.

Xander metió las manos en los bolsillos y la miró con dureza.

–Seguro que habría comentarios, ¿pero qué crees

que le gustaría menos a la gente de Kyonos? ¿Tus cicatrices o mi abandono?

—No irás a decirme que sigues pensando en la posibilidad de hacerme reina...

—Aún no has tomado tus votos para quedarte en el convento.

—Esa sigue siendo mi intención.

Xander alargó una mano y tomó entre sus dedos un mechón del pelo de Layna, que se quedó completamente paralizada. El último hombre que la había tocado había sido un médico, y el contacto no había sido significativo en ningún sentido.

Pero Xander nunca había sido un hombre fácil de ignorar y, de pronto, los recuerdos de todas las veces que la había tocado resurgieron en su mente. Tan solo la había tomado alguna vez de la mano, o había pasado un brazo por su cintura y, aunque habían estado a punto, nunca habían llegado a besarse.

—Pero no es nada definitivo —dijo Xander a la vez que deslizaba una mano hacia abajo para liberar el pelo de Layna y permitir que flotara libremente en torno a su rostro.

Layna dio un paso atrás, y su recién recuperada capacidad de enfado acudió en su rescate.

—Sí, Xander, claro que es definitivo. Estoy dispuesta a ayudarte en lo que pueda, pero no me insultes simulando ni por un momento que estarías dispuesto a casarte conmigo —dijo con firmeza antes de girar sobre sí misma y encaminarse hacia la puerta.

Una vez en el pasillo, se dio cuenta de que estaba respirando con dificultad. Se llevó una mano al pecho y parpadeó con fuerza para contener el pánico y las lágrimas que amenazaban con derramarse de sus ojos.

La presencia de Xander estaba haciendo que resurgieran en su interior sentimientos que llevaban mucho tiempo adormecidos, y estar en el palacio le hacía recordar, le hacía añorar otras cosas...

Pero no podía permitir que sucediera aquello. No pensaba desmoronarse después de todo lo que había pasado. Estaba dispuesta a ayudar a Xander si ello iba a suponer una mejora para su país, para su gente.

Pero no pensaba olvidarse de la persona en la que se había convertido. De la persona en la que se había visto obligada a convertirse debido a las acciones de Xander.

Capítulo 5

XANDER se desabrochó la camisa y la arrojó sobre la cama. No había tenido intención de sacar a relucir el tema del matrimonio de aquella manera. De hecho, no pensaba hablar de ello. Layna era una monja... o estaba muy cerca de serlo.

Y además estaba el asunto de las cicatrices. No podía simular que no importaban. En eso tenía razón Layna. Necesitaba una esposa que hiciera que su imagen pública mejorara y, antes de verla, había creído que ella serviría para ese propósito. Esperaba que su reencuentro se interpretara como la recuperación de un antiguo romance.

¿Pero cómo reaccionaría la gente ante una princesa con el rostro marcado durante los tumultos provocados por su marcha del país?

Pero él necesitaba casarse en cualquier caso. Necesitaba tener herederos, y el tiempo volaba en su contra. A los treinta y seis años no se estaba haciendo precisamente más joven.

Al día siguiente iba a llevar a Layna al hospital principal de Kyonos, donde tenía intención de hacer su primera aparición pública. También tenía intención de hacer una generosa donación de su fortuna personal y de dejar claras sus intenciones de asumir la responsabilidad de gobernar el país.

La gente del Kyonos adoraba a Stavros y no aceptaría aquel cambio con facilidad. Estaba seguro de que ese era el motivo por el que su hermano permanecía fuera del país aun sabiendo que él había regresado. El miserable...

Xander estuvo a punto de reír en alto. No, Stavros no era el miserable. El miserable siempre había sido él.

Pero ya era demasiado tarde para preocuparse por aquello. Su decisión estaba tomada.

Pensó en Layna, en su necesidad de una esposa. Tenía algunas decisiones tomadas, pero no todas. Y para estar al tanto del terreno que pisaba debía ponerse al día de lo que estaba diciendo la prensa.

Se encaminó hacia su escritorio y pulsó unas teclas de su ordenador.

Efectivamente, la noticia ya estaba en la primera plana de la prensa. Algún empleado del servicio debía de haber llamado para ponerlos al tanto.

El Regreso del Heredero Sinvergüenza.

Xander echó un rápido vistazo al artículo, cargado de cólera e insinuaciones sobre lo que había hecho con su vida desde que se había ido.

El príncipe Alexander Drakos abandonó Kyonos como una rata cuando el barco se hundía. Afortunadamente, el príncipe Stavros se ocupó de evitar que se hundiera mientras Xander se divertía en Mónaco dilapidando la fortuna familiar, acostándose con innumerables mujeres y entregándose al consumo del alcohol y de todo tipo de sustancias ilegales.

También se mencionaba otra fuente de información de un exclusivo casino.

«Una noche estaba tan bebido que apenas podía sostenerse en pie. Pasó los brazos por los hombros de

dos mujeres que lo ayudaron a subir a su habitación. No les vi marcharse hasta la mañana siguiente».

Y este es el hombre que dice haber regresado para ser rey de nuestra gran nación.

Xander cerró la tapa del ordenador. No recordaba aquella noche en concreto, pero no podía decir que fuese mentira.

Las cosas no iban a ser como había previsto. Iban a ser mucho peores. Pero lo único que podía hacer era seguir adelante con su plan.

No había otra opción.

—Supongo que pedirte que te pongas algo más adecuado para la ocasión hará que me mires como si me hubieran salido dos cabezas, ¿no?

Layna estaba sentada a la mesa del desayuno, ataviada con un insulso vestido rosa y un jersey gris. La serena expresión que dedicó a Xander no logró ocultar por completo el fuego que latía debajo.

—No sé de qué estás hablando. El vestido que llevo es adecuado.

—Para una monja en un convento. Pero ya no estás en un convento, Dorothy.

—Soy una novicia, no una monja.

—En cualquier caso, como verás, yo me he puesto una corbata, y no imaginas hasta qué punto supone eso una concesión. Creo que deberías permitirme elegir un vestido más adecuado para lo que sin duda acabará convirtiéndose en una rueda de prensa.

Layna se quedó perpleja al escuchar aquello.

—No pienso hablar en tu rueda de prensa. Estoy aquí

para ser tu... ¿qué soy exactamente? ¿Una especie de representación casera de tus buenas intenciones?

–No voy a mentirte. Estás aquí para ayudarme a mejorar mi imagen. Creo que el hecho de que estés a mi lado podría suponer un bonito cierre de nuestra historia. Si tú has podido perdonarme...

–Oh, comprendo –Layna se levantó, ligeramente ruborizada–. Has pensado que, si la mujer con la que estabas comprometido antes de irte, te perdonaba el resto del país haría lo mismo, ¿no?

Entonces Layna hizo algo totalmente inesperado. Rompió a reír.

Pero no fue una simple risita, sino una incontrolable risa que hizo que se agitara todo su cuerpo.

–Oh, pobre Xander –dijo cuando logró contenerse un poco–. Has regresado para buscar a tu reina, la clave para tu redención, y te has encontrado con una mujer con el rostro marcado y entregada a la iglesia. Tus planes no parecen marchar muy bien, ¿no, Xander?

Xander no pensaba mencionar los artículos que acababa de ver en la prensa.

–Supongo que no –replicó, cortado.

Él no encontraba la situación tan divertida como parecía encontrarla Layna. Nada resultaba gracioso. De hecho, todo aquello era su peor pesadilla haciéndose realidad. Estaba de regreso en el sofocante ambiente de palacio simulando que las heridas del pasado ya no dolían cuando lo cierto era que sí lo hacían. Estaba tratando de actuar como si aquel fuera un futuro al que tuviera derecho, aun sabiendo que no lo tenía.

Pero él era el único que sabía aquello. Al menos era la única persona viva que lo sabía.

–Lo siento –dijo Layna mientras se frotaba los ojos–.

Supongo que no te lo estoy poniendo precisamente fácil utilizarme.

–Creía que vivías para servir a los demás.

–A los pobres y a los oprimidos, no a príncipes que no saben que no pueden encontrarse la responsabilidad, el honor y las buenas intenciones en el fondo de una botella de ginebra.

Xander rio amargamente.

–Eso es muy cierto –dijo, y a continuación añadió–: Y ahora, ¿estás lista para que nos marchemos?

–Estoy lista.

–En ese caso, vámonos. Y haz todo lo posible por parecer una santa. No estaría mal que en el trayecto te saliera un halo.

Layna contuvo el aliento hasta que temió desmayarse. La prensa ya estaba esperando en la entrada del hospital, algo nada sorprendente, pues el hecho del que el heredero del trono hubiera regresado a Kyonos era un auténtico notición.

Pero en lo único en que lograba pensar Layna era en que le iban a sacar fotos. La gente la iba a mirar.

Xander había hecho que se convirtiera de nuevo en una jovencita superficial que solo se preocupaba por tonterías.

«Céntrate en todo el bien que vas a poder hacer con el presupuesto que va a manejar Xander», se dijo.

Sí, aquella era la clave. Orientaría a Xander hacia las necesidades reales del país. Eso beneficiaría al Kyonos y a Xander. Todo el mundo saldría ganando. Que su foto apareciera en la prensa era un pequeño precio a pagar a cambio.

Daba lo mismo lo que pudiera decir la gente. Su

cuerpo solo era el lugar en el que habitaba su alma, y la única belleza que debía preocuparle era la interior.

Layna se repitió aquello una y otra vez, pero no pudo evitar sentir que todo el cuerpo le temblaba mientras salía del coche y era recibida con un destello de flashes y gritos. Xander la tomó por el brazo y Layna avanzó hacia la entrada mirando al suelo.

Cuando estaban a punto de entrar, Xander se detuvo y se volvió hacia los periodistas.

—Hablaré con vosotros cuando salgamos de aquí. De momento lo que más me preocupa es cómo les van las cosas a las personas más vulnerables de nuestro país. Me acompaña una embajadora que conoce bien este país y sus necesidades. Tratadla con respeto, por favor.

A continuación tomó a Layna del brazo y entraron en el hospital.

Tras los saludos de rigor a los administradores del hospital quedó claro que Xander esperaba que Layna se ocupara de tomar la iniciativa.

—¿Hay sitio en el hospital para acomodar a todos los pacientes? —preguntó ella.

—Afortunadamente, el príncipe Stavros se ha ocupado de construir un centro de investigación —contestó la directora del hospital, reservada, casi fría. Se notaba que estaba tratando de ser amable, sobre todo porque Xander estaba allí para ofrecer dinero, pero era evidente que le estaba costando—. Como resultado, estamos muy bien equipados en ciertas áreas, pero es cierto que cada vez estamos más cortos de sitio, especialmente en el ala de cuidados infantiles.

Layna siguió haciendo preguntas mientras duró la visita, que acabó en la cafetería del hospital, donde les ofrecieron un aperitivo. Cuando la directora y el resto de administrativos del hospital regresaron a sus ocupaciones, Layna estuvo a punto de reír al ver a Xander viéndoselas con la versión hospitalaria de una sándwich.

–La directora no parecía especialmente encantada de verme, ¿no te parece? –murmuró él entre bocado y bocado.

–No tanto como habría cabido esperar.

–Supongo que tendré que acostumbrarme –dijo Xander con un encogimiento de hombros–. Está claro que la gente adora a Stavros, pero a mí no –bajó la mirada hacia el sándwich–. Pero ya se me ha ocurrido algo en lo que convendría invertir –añadió en voz baja.

–¿Por qué no reservas algo de dinero para enviar a los cocineros del hospital a hacer algún cursillo de cocina? Así podrán transmitir sus conocimientos a los que vengan después.

Xander la miró y sonrió abiertamente.

–Precisamente por eso he venido a buscarte.

–Aunque no pueda ser reina, sí puedo serte útil en muchas cosas.

La prolongada mirada que Xander dedicó a Layna hizo que esta acabara apartando la vista, ligeramente ruborizada.

–¿Estás lista para que nos vayamos? –preguntó finalmente Xander.

–Tan lista como puedo estarlo –dijo Layna.

Avanzaron hacia el vestíbulo seguidos por las miradas de curiosidad de los que pasaban a su lado. Algunos trataban de disimular su interés, pero otros los miraron abiertamente, preguntándose si aquel hombre sería realmente un Drakos, si sería el heredero perdido.

–Gracias por lo que has dicho a la prensa antes de entrar –añadió Layna–. Espero que se comporten como seres humanos con nosotros.

–¿No estás deseando ver cómo se arrojan sobre mí? –preguntó Xander con ironía.

–Aunque te sorprenda, la verdad es que no. Estoy cansada de que este país se sienta desgarrado. Estoy cansada de tener que lamentar nuestras pérdidas, de la constante inquietud. Stavros ha hecho un magnífico trabajo unificando y reconstruyendo el país, y la gente le quiere, pero aún existe la sensación de que las cosas siguen sin asentarse, de que la familia real aún no ha levantado cabeza. Estando el rey enfermo, me gustaría que la gente de Kyonos te aceptara con los brazos abiertos. Y también me gustaría que utilizaras bien la confianza que puedan ofrecerte. Eso es lo que me gustaría.

–¿Y después volverías a tu convento en las montañas?

–Son los años que he pasado allí los que te están ayudando ahora. Tendrás que admitir que no tienes demasiado experiencia visitando hospitales.

–A lo largo de estos años he tenido que acudir a las urgencias de varios hospitales.

–¿En serio? –preguntó Layna, conmocionada.

Xander rio.

–Te aseguro que durante estos años he hecho bastantes tonterías. Demasiados coches de carreras, demasiada bebida, demasiado... de todo –hizo una pausa antes de añadir–: Supongo que en ese sentido te vendrá muy bien estar comprometida en otro sitio. Si no eres mi reina, no tendrás por qué preocuparte de mi pasado.

–¿Tan malo es?

Xander asintió lentamente.

–Sí –contestó antes de añadir–: Y ahora, ¿estás lista para salir?

–Sí –replicó Layna, consciente de que se refería a si estaba lista para encararse con la prensa.

Pero no pudo evitar experimentar un intenso miedo cuando siguió a Xander fuera del hospital.

–Como ya ha publicado la prensa, y en un tono muy poco halagador –dijo Xander en voz alta y clara desde lo alto de las escaleras de entrada al hospital–, he regresado a Kyonos y tengo intención de ocupar mi lugar como heredero del trono. Por supuesto, y mientras mi padre siga enfermo, eso no significa que vaya a suceder ahora mismo, ni siquiera el año que viene, pero estoy aquí y he venido para quedarme. Layna Xenakos ha aceptado echarme una mano mientras vuelvo a familiarizarme con todo. Creo que es la persona adecuada para indicarme cuales son las principales necesidades del país. Si ella es capaz de perdonarme y darme la bienvenida, espero obtener el perdón de todos mis conciudadanos, aunque sea mucho pedir. Si decidís ofrecerme vuestra confianza, al menos podemos mantenernos unidos en ese propósito.

En cuanto Xander terminó de hablar, los periodistas se pusieron a lanzar preguntas a la vez que los rodeaban. Xander tomó a Layna de la mano para pasar entre ellos. Layna trató de mantener la cabeza agachada y de no escuchar lo que decían, pero no pudo evitar escuchar algunas palabras sueltas: «Ataque. Cicatrices. Belleza. Fealdad».

Ni ella ni su familia habían hablado con la prensa después del ataque, y era evidente que estaban ansiosos por obtener algunas respuestas.

Pero Xander se limitó a tirar de ella hasta que estuvieron a salvo en el interior del coche.

–Llévenos de vuelta al palacio –dijo al conductor antes de respirar profundamente y apoyar un momento la cabeza en el respaldo del coche–. Las cosas han ido mejor de lo que había anticipado –añadió.

–¿En serio? –preguntó Layna.

–Al menos me han dejado hablar antes de lanzarse a hacer preguntas.

–Eso es cierto. ¿Pero cómo te las has arreglado para evitar a la prensa durante todos estos años?

–Siempre he tratado de acudir a sitios donde no fueran a molestarme, pero aquí en Kyonos va a ser imposible evitar a los periodistas.

–Afortunadamente, mientras estuve en el hospital después del ataque no les permitieron la entrada –dijo Layna–. Tras someterme a unas cuantas operaciones, mi familia me propuso que me trasladara con ellos a Grecia, pero no quise irme.

–¿Por qué?

–Estaba... demasiado cansada –contestó Layna. La intensa depresión que había sufrido le había afectado tanto física como emocionalmente. Incluso respirar había supuesto un esfuerzo en aquella época, y la idea de marcharse a Grecia había resultado impensable...

Pero prefería no recordar todo aquello. Había llegado muy lejos desde entonces, y aquella época era demasiado dura y oscura como para recordarla.

Incluso estar sentada en aquella limusina con Xander a su lado y la prensa persiguiéndolos era mejor que volver a aquello. Porque ahora controlaba su vida. Podía irse si quería. Podía alejarse de Xander si quería. Tenía el poder, la energía y la fuerza necesaria para hacerlo. No pensaba volver a atascarse en su vida de aquella manera.

–¿Y no te arrepientes de haberte quedado?

–Al principio fue muy duro. Los primeros cinco años fueron un auténtico infierno. Habría dado igual dónde hubiera estado. Pero cuando mejoré comprendí que necesitaba un cambio radical. Por eso el convento fue mi mejor opción. Es imposible preocuparse demasiado por uno mismo cuando tienes que enfrentarte a la realidad de lo que les pasa a muchos otros.

–¿Cómo entraste en contacto con las monjas? –preguntó Xander.

Layna bajó la mirada y sonrió.

–Algunas de las hermanas vinieron a verme al hospital mientras me recuperaba de las operaciones. Se preocupaban por mí. Cuando me miraban no veían mis cicatrices, sino mi dolor.

–¿Y tu familia?

Layna suspiró.

–No eran conscientes de lo mal que estaba, sobre todo porque les mentí. Insistí en que estaba bien cuando en realidad no lo estaba y ellos quisieron creer que les estaba diciendo la verdad porque así resultaba mucho más cómodo. No los culpo por ello.

–¿Y a mí?

La voz de Xander no transmitió ninguna emoción cuando preguntó aquello, como si le diera igual la respuesta.

–Sí –contestó Layna, que en ese momento se dio cuenta de que era cierto. Culpaba a Xander por su dolor, por su aislamiento.

Si se hubiera quedado, al menos habría tenido un marido a su lado para apoyarla. O tal vez no habría sufrido el ataque. O la economía del país no se habría hundido. Eso nunca podría llegar a saberlo. Pero al menos sí habría tenido a alguien a su lado.

No lo habría perdido todo.

Xander asintió lentamente.

–Creo que eso es justo. Puedo asumir un nuevo pecado en mi interminable lista de ellos. Confesarme me llevaría demasiado tiempo a estas alturas, Layna. Prefiero aceptar lo que sea y seguir adelante.

–Tú al menos puedes seguir adelante –dijo Layna, dolida–. Puedes quitarle importancia a lo sucedido y simular que no pasó nada. Pero cuesta mucho más hacerlo cuando puedes comprobar a diario en el espejo los efectos de lo sucedido en el pasado.

–¿Y que te parecería que yo también pudiera comprobar los efectos del pasado cada mañana?

–¿Qué quieres decir? –preguntó Layna, desconcertada.

–He cambiado de opinión respecto a mi cambio de opinión. Después de pensar en ello, creo que lo mejor sería que nos casáramos.

Capítulo 6

LAYNA había permanecido en silencio el resto del trayecto. Xander supuso que aquello era una negativa, pero no pensaba dejar que se marchara sin darle una respuesta.

–Estoy cansada –dijo ella mientras entraban en el palacio–. Voy a mi habitación.

–Te acompaño.

–No –replicó Layna con firmeza a la vez que se alejaba hacia un pasillo lateral.

Xander se interpuso en su camino.

–En ese caso, hablaremos aquí.

Layna se detuvo y dio un paso atrás, pero se topó con la pared del pasillo.

–No...

–Sí. Tenemos que hablar.

Por primera vez desde que la había visto en el convento, Xander contempló atentamente el rostro de Layna. Era imperdonable lo que le había sucedido a su belleza. Xander recordaba muy bien sus carnosos labios rosados, su delicada piel y sus cejas, perfectamente arqueadas. A sus veintiún años había deseado a su prometida con una ferocidad que apenas había sido capaz de comprender. Aunque para entonces él ya no era virgen, Layna le había hecho sentirse como si lo fuera. Pero su padre le dejó bien claro que no podía tocarla, al menos hasta que la fecha de la boda estuviera más cerca. Mencionó algo relacionado con el respeto y el honor, con la necesidad de preservar la imagen que tenía la gente de su futura reina.

Y él había obedecido.

Pero sabía que no habrían podido aguantar tanto. La química que había habido entre ellos había sido demasiado intensa.

En una ocasión estuvo a punto de besarla. Lo recordaba muy bien porque sucedió el día anterior a que su madre muriera. El día antes de enterarse quién era él realmente.

Después de aquello no volvió a ver a Layna.

Alzó una mano y apoyó la punta de los dedos en la mejilla marcada de Layna para luego deslizarla hacia su cuello. El ácido había caído sobre su mejilla y se había extendido hacia su frente, su nariz, su ojo izquierdo y, finalmente, hacia su cuello.

El otro lado de su rostro seguía intacto, lo que hacía que sus cicatrices resultaran aún más evidentes.

–¿Puedes sentir esto? –preguntó.

–Un poco. Sobre todo donde están los injertos.

–¿Toda la piel de este lado es un injerto?

–No, solo algunas partes. No quise más cicatrices en mi cuerpo y, además, nunca habría quedado bien del todo. Habría seguido pareciendo un monstruo tipo Frankenstein.

–No tienes nada de monstruo.

–Con halagos no vas a conseguir nada –replicó Layna con dureza.

Xander dejó caer la mano a un lado.

–No necesito utilizar halagos. Seguro que te das cuenta de que esto va a ser todo un reto. Íbamos a casarnos. Ambos queríamos casarnos.

–Eso fue hace toda una vida. Hace un rostro.

–Tu rostro no me importa.

Layna rio con amargura.

–Vamos, Xander. No mientas. Resulta insultante para ambos.

–Da igual. No voy a andarme con evasivas contigo, Layna. Necesito una esposa que me beneficie en mi posición de rey y que también sea útil para él país. De momento, esa eres tú. Mis sentimientos hacia ti como individuo, hacia tu aspecto, no tienen nada que ver. No creo que vaya a ser fiel a la mujer con la que me case, así que no creo que la atracción incontrolable vaya a ser un problema.

Layna echó atrás el rostro como si la hubiera abofeteado.

–¿Me estás pidiendo que me case contigo sabiendo que no me quieres y admitiendo que te acostarías con otras mujeres?

–Estoy siendo sincero contigo. Me casara con quien me casara, así serían las cosas.

–¿Y por qué no serías fiel?

–¿Qué mas te da eso si no estás dispuesta a competir por el puesto?

–Imagina por un momento que me lo estoy planteando –contestó Layna–. Siento curiosidad.

Xander se encogió de hombros, ligeramente avergonzado.

La época en que se prometió con Layna él era un joven con las hormonas en pleno funcionamiento. En cuanto le hubiera gustado otra mujer la habría metido en su cama sin importarle las promesas o los votos que hubiera hecho a Layna, porque entonces él era así. Y después de irse de Kyonos no se había dedicado precisamente a practicar la contención en lo referente a los placeres de la carne. Probablemente pretendía ocultarse bajo varias capas de pecados con la esperanza de que la gente no pudiera ver el fondo.

–Nunca he practicado la costumbre de estar con una sola mujer. No puedo imaginar toda una vida compartiendo la cama con la misma persona, y no tengo demasiadas esperanzas respecto a mi mismo en ese aspecto.

–Sobre todo si tu esposa es fea.

–Eso da igual. Así son las cosas. Así soy yo.

–Creía que estabas cambiando.

Xander respiró profundamente y negó con la cabeza.

–He vuelto porque era lo correcto, no porque tenga ninguna convicción sobre la conveniencia de mi decisión. No puedo condenar a Stavros y a Eva a llevar una vida que no desean cuando fue a mí a quien educaron para ocupar el trono. He ignorado mis responsabilidades mientras la realidad no me ha obligado a encararlas. El grave estado de mi padre y las demás circunstancias han hecho que cambien las cosas. Pero no me han cambiado a mí. Lo único que puedo ofrecerte es sinceridad. ¿O preferirías que te mintiera?

–Preferiría haberte conocido de verdad cuando nos comprometimos. Sospecho que en ese caso no me habría sentido tan anhelante por aceptar.

–Entonces tenías otras opciones, pero ahora solo tienes dos: el convento o permanecer a mi lado dirigiendo el país.

Los ojos de Layna se iluminaron como una llamarada, con una rabia que Xander no había visto nunca reflejada en su rostro.

–Has sido muy rápido recordándome lo bajo que he caído, pero deja que te ponga yo un espejo delante. Puede que tu rostro siga siendo tan perfecto como antes, Xander, pero no eres más que una rama muerta en el árbol de la familia Drakos. Stavros logró sacar ade-

lante al país después de que tú lo destruyeras y, en lugar
de huir, Evangelina tuvo el valor de luchar por lo que
quería. ¿Pero qué has hecho tú?

—Nada —replicó Xander con aspereza mientras trataba de contener los latidos de su corazón—. No he hecho nada, y me gustaría cambiar eso. No voy a negar
que he cometido muchos errores, Layna. Cuando hui
era un joven dolido y asustado y acabé convirtiéndome
en un ser hastiado. Ahora no me queda corazón y tengo
mil pecados que expiar. De manera que aquí estoy, y
quiero intentarlo. Te estoy ofreciendo la oportunidad de
dirigir conmigo el país. De darte hijos. También puedes
volver a esconderte en el convento y pasar por alto la
oportunidad de cambiar el mundo. Puedes acusarme de
lo que quieras, y probablemente tendrás razón, pero si
rechazas esta oportunidad estarás rechazando la posibilidad de cambiar realmente las cosas.

Layna dejó escapar un resoplido de rabia.

—Dices eso como si casarme contigo, compartir tu
cama, fuera algo incidental de lo que no debería preocuparme mientras pueda cumplir con mi deber.

—Piensa en Kyonos —espetó Xander, que en realidad
no entendía por qué la estaba presionando tanto.

Pero había decidido que Layna Xenakos fuera su
esposa y ya no era capaz de pensar en otra posibilidad.
Ninguna otra mujer sería mejor reina. Nadie podría
ayudarlo a recuperar su imagen pública y la de su país
mejor que ella.

Y además la deseaba. Y allí terminaban los razona-
mientos. Cuando quería algo, lo conseguía.

—Eres repugnante.

—Pero sigues aquí —Xander apoyó una mano en la
pared junto al rostro de Layna y se inclinó hacia ella—.
¿Tan terrible te resulta la perspectiva?

–¿Te das cuenta de que estaba a punto de renunciar al sexo para siempre, de que si tomo mis votos no podrá haber hombres en mi vida? ¿De verdad te consideras una tentación tan grande como para que renuncie a eso?

–En ese caso, piensa en tu altruismo. En la oportunidad de erguirte por encima de tu caída, de demostrar a todo Kyonos que al final has triunfado. O sigue ocultándote.

Layna tuvo que esforzarse por contener las emociones que se estaban acumulando en su interior, una mezcla de rabia, tristeza, anhelo... La cercanía de Xander, su aroma a lluvia, a hombre, a pecado, bastaban para hacer que su pulso se acelerara.

Había mentido cuando había dicho que el sexo no era el camino para tentarla. Sabía que, en gran parte, su decisión de tomar los votos de monja se debía a su convicción de que ningún hombre podría quererla. Xander tenía razón al decir que era más fácil esconderse que salir al mundo a enfrentarse al rechazo.

Los hombres le gustaban. Y, de no ser por todo lo sucedido, nunca habría elegido una vida sin hombres. Sin matrimonio. Sin hijos.

Hijos. Una oportunidad.

Contempló el atractivo rostro de Xander. Seguía siendo tan perfecto como siempre, y la idea de que fuera su marido resultaba... risible.

¿Pero por qué era ella así? Por culpa de él. Porque se fue. Porque abandonó su país en pleno caos. Porque jamás había pensado en ella. Ella lo había necesitado y él se había ido, llevándose consigo el futuro con el que ella siempre había soñado.

¿Y por qué no recuperarlo? Pero si aceptaba, las decisiones que hubiera que tomar las tomarían en conjunto. Xander ya había tenido el control a solas demasiado tiempo. Él también tendría que sacrificarse. Ella no iba a ser la única mártir. Ella también se merecía algo. ¿Y por qué no? ¿Por qué limitarse a desear las caricias de un hombre si podía tenerlas? ¿Por qué soñar con la brillante vida palaciega si podía llevarla? ¿Por qué soñar con tener hijos si podía tenerlos?

–De acuerdo –dijo con dureza–. Me casaré contigo. Pero con una condición.

–¿Qué condición?

–Que yo sea la única mujer con la que vuelvas a acostarte.

–Ya te he dicho que...

–Sí, pero yo también te he dicho que no iba a casarme contigo y eso no te ha impedido insistir y volver a pedírmelo. No vas a ser tú el único que dicte las condiciones. Por mucho que lo desprecies, voy a renunciar a mi futuro en el convento, donde encontré la paz; conmigo misma, con Dios y los que me rodean. Me estás pidiendo que renuncie a eso y yo voy a aceptar. Voy a exponerme al mundo, a hacer el ridículo, y no pienso hacerlo gratis. No pienso ser yo la única que haga concesiones. Desde este momento no habrá otras mujeres, y no me tendrás hasta que hayamos pronunciado nuestros votos.

–¿Y si no los cumplo? ¿Y si acepto ahora pero luego rompo mis votos?

–Te expondré ante los medios de comunicación, tus hijos sabrán que eres un hombre infiel y me aseguraré de que quede un documento firmado que diga que en ese caso podré quedarme con todos tus bienes mundanos. El sexo extraconyugal te saldría muy caro, Xander. Ella tendría que merecer mucho la pena.

Una lenta sonrisa curvó los labios de Xander.

–Así que bajo esa ropa tan sencilla se oculta una negociadora implacable.

–La vida se ocupa de convertirnos en lo que somos.

–Supongo que sí.

–Has logrado pasar todos estos años sin apenas sufrir consecuencias. Puedes considerarme tu castigo –dijo Layna, que a continuación giró sobre sí misma y se alejó temblando de rabia, de tristeza, conteniendo el aliento mientras las lágrimas se acumulaban en sus ojos.

Acababa de aceptar casarse con Xander Drakos, convertirse en reina de Kyonos, compartir la cama con un hombre que en realidad no quería estar con ella. Jamás podría regresar al convento, junto a las mujeres que consideraba sus amigas. Su familia.

Pero estaba decidida. Había tomado la decisión correcta.

Iba a recuperar una parte de la vida que había perdido. Iba a ser reina, una meta que se propuso a los dieciséis años, cuando vio a Xander por primera vez en un baile. Después de haber renunciado a tener hijos, iba a ser la madre de los herederos al trono.

Y pensaba obligar a Xander a enfrentarse a las consecuencias de sus actos cada mañana al despertar, y cada noche cuando se fuera a la cama.

Y trataría de ignorar la humillación que le producía aquel pensamiento. Lo intentaría y fracasaría.

En cuanto entró en su habitación, rompió a llorar.

–No voy a volver –dijo Layna al teléfono.

Unas horas después de haber aceptado la propuesta de Xander comprendió que debía llamar a la madre Maria Francesca para confesarle lo sucedido.

–Lo suponía.

–¿En serio?

–Él es el motivo por el que llevas tanto tiempo huyendo. Y también es el motivo por el que nunca te he animado a dar el paso de tomar tus votos, Layna. Nunca he dudado de tu fe, pero siempre he pensado que lo que te impulsaba eran tus demonios interiores, no tus convicciones. Entre nosotras encontraste el refugio que necesitabas, pero ahora te enfrentas a un reto que exige tu vida entera, que exige el empuje necesario para superar el miedo que supone enfrentarse al mundo exterior.

Layna asintió lentamente tras escuchar las calmadas y sabias palabra de la madre María.

–Lo sé –murmuró, aunque lo cierto era que, si hubiera sabido que aquello era lo que realmente quería, nunca habría impuesto su presencia a las hermanas del convento–. No tenía intención de utilizar a nadie –dijo con pesar.

–Has devuelto más de lo que has tomado, Magdalena.

Layna sonrió al escuchar aquel nombre.

–Gracias. No estoy segura de que eso sea verdad, pero gracias. Espero seguir pudiendo ofrecer algo como princesa. Y como reina algún día.

–Me alegra escuchar eso.

–No olvidaré lo que me ha enseñado. Voy a utilizar mi posición para hacer todo el bien posible –aquello era algo por lo que no se habría preocupado si se hubiera casado con Xander a los dieciocho años. Solo habría pensado en divertirse y en ir de compras.

–También me alegra eso. Pero te está permitido querer cosas, tener sueños.

–Me he esforzado mucho por no tenerlos.

–Lo sé, Layna. Te has esforzado mucho por mantenerte a salvo. Pero si puedo darte un último consejo te diría que no dejes que el miedo decida por ti.

–No lo haré.

Y no iba a hacerlo. Había tomado una decisión y, aunque la enormidad de esta le hiciera temblar, ya no había marcha atrás.

Capítulo 7

ESPERO que hayas dormido bien.

—Esperas en vano.

Xander rio mientras Layna avanzaba hacia la mesa y se sentaba. No la había visto desde la noche anterior, tras su dramática espantada.

—Es una pena. No habrás cambiado de opinión, ¿no?

—No —contestó Layna con dureza—. Lo siento, pero si estabas buscando un aplazamiento, no pienso concedértelo.

—No lo quiero.

—¿A pesar de que no te va a estar permitido saciar tu lujuria en otro sitio?

—Ya la he saciado durante estos últimos quince años, y de forma muy variada, así que no puedo quejarme —replicó Xander, a pesar de que la idea de la monogamia era totalmente extraña para él. A pesar de todo, si prometía ser fiel a Layna, cumpliría su promesa. No se dedicaría a buscar sexo a sus espaldas pudiendo tenerlo con ella.

No por primera vez, sintió curiosidad por el cuerpo que ocultaba aquella sencilla ropa. Al principio se había sentido conmocionado por el aspecto de Layna, pero la sensación había ido amainando con el paso de los días, y cada vez le resultaba más fácil aceptar que aquello formaba parte de Layna.

Aquello también había hecho que creciera su curiosidad por el cuerpo que ocultaba bajo su ropa. Layna iba a ser su esposa y él aún no se había reconciliado con sus cicatrices. No le producían un rechazo absoluto, aunque tampoco se sentía abrumado por el deseo, pero no podía negar que había algo en ella que lo atraía profundamente.

–Tendrás que hacerte alguna prueba –dijo Layna en tono irónico mientras desdoblaba su servilleta–. Espero que no te moleste, pero no pienso correr el riesgo de sufrir una enfermedad de transmisión sexual.

–Me hago pruebas cada seis meses. Soy promiscuo, pero no irresponsablemente promiscuo.

–Eso es un oxímoron.

–No juzgues –dijo Xander mientras bajaba la mirada hacia su plato.

–Tú puedes juzgarme todo lo que quieras en ese aspecto de mi vida. En ese terreno soy intachable.

Xander alzó una ceja y miró a Layna con curiosidad. ¿Cuánto tiempo haría que no estaba con un hombre? ¿Desde antes de encerrarse en el convento? ¿Desde antes del accidente?

¿Habría tenido relaciones sexuales alguna vez? Aquel pensamiento le produjo una intensa sensación de intriga.

–Yo no me siento arrepentido de mi comportamiento, aunque supongo que eso no es lo mismo que decir que este haya sido intachable.

–Supongo que eso se debe a una conciencia abrasada. Pero no tengo ningún interés en oír hablar de tus hazañas. Lo único que me interesa es asegurarme de que los resultados de tus análisis sean negativos.

–Pareces muy espabilada para haber pasado diez años en un convento.

–No nací en el convento.

–Supongo que no –tras un momento de tenso silencio, Xander añadió–: He pensado que podríamos casarnos a principios de primavera.

–Es demasiado pronto. Solo faltan dos meses.

–Lo sé. Pero así se generará en el país un agradable ambiente de celebración. Y ya que voy a tener que permanecer célibe hasta la noche de bodas, no querría retrasarlo demasiado.

El rubor que cubrió el rostro de Layna se hizo visible bajo sus cicatrices.

–Suponía que eso no te preocuparía.

–Pues has supuesto mal. Y ahora... –Xander tiró de un pequeño paño negro que cubría una bandeja que tenía a su lado y que contenía seis anillos que formaban parte de las joyas de la familia real–. He seleccionado algunos anillos para que elijas el que quieras. Entre ellos está el de nuestro primer compromiso, por supuesto, pero sé que las mujeres cambian a menudo de gustos, así que he querido darte otras opciones.

Layna tragó con esfuerzo mientras miraba los anillos. Solo había bajado a desayunar. No esperaba encontrarse en el menú con unos cuantos diamantes. Su mirada se vio irremediablemente atraída hacia el anillo que había sido suyo. Aún recordaba con toda claridad al rey Stephanos pidiéndole que lo devolviera, y la terrible sensación de vacío y desnudez que experimentó cuando tuvo que hacerlo.

¿Cómo pudo dejarla Xander? ¿Cómo fue capaz de dejarlos a todos? ¿Y por qué no lo había besado nunca en los labios?

Mirar el anillo le hizo recordar todo aquello. Odiaba aquellos recuerdos. Le hacían sentir demasiado.

Alargó una mano hacia la bandeja y la detuvo un momento encima del anillo. Era el que quería, pero sabía que aquella situación era muy distinta a la primera. No era el mismo momento. Ella no era la misma mujer. Xander no era el mismo hombre.

–Me da igual –dijo a la vez que retiraba rápidamente la mano–. Elige por mí.

Xander enarcó una ceja y eligió un anillo de oro blanco con un solitario diamante cuadrado.

–En ese caso, este –dijo–. Ya que te da igual...

–Me da igual.

Xander se levantó del lugar que ocupaba a la mesa y se acercó a Layna. Tras detenerse la tomó de la mano para introducir el anillo en su dedo.

–Encaja bien, ¿verdad?

Layna retiró rápidamente la mano.

–Sí –murmuró a la vez que bajaba la mirada hacia el anillo, un anillo completamente distinto al de la primera ocasión. Aquello era diferente. No estaban volviendo atrás en el tiempo para recuperar lo que podrían haber tenido. El tiempo los había cambiado. Y, sin duda, ella ya no estaba medio enamorada de él.

Y tampoco iba a enamorarse de él precisamente pronto.

–Tendré que ir a ver a mi padre en breve.

Layna asintió lentamente.

–Supongo que sí.

–Tendremos que planear una fiesta para celebrar mi regreso y nuestro compromiso. Dado el estado de mi padre, espero que no se considere de mal gusto.

–¿Por qué no hablas con Stavros al respecto?

–No estaría mal, pero él no parece querer hablar conmigo.

–¿Y con Eva?

–Debería hablar con ambos.

–Seguro que encontramos algún modo de que no parezca un detalle de mal gusto –dijo Layna–. Podemos plantear la celebración como una oportunidad para mostrar al mundo la fuerza de nuestro país. Por oscura que sea la noche, el amanecer llegará... etcétera.

—¿Lo ves? —dijo Xander, sonriente—. Por eso te necesito.

Aquellas palabras afectaron a Layna. Hicieron que sintiera que su corazón se expandía. Le hicieron sentir un poco de dolor, un poco de placer. Pero era una estupidez, porque no habían supuesto un halago.

—Haré lo que pueda para ayudar. Aunque no lo haré por ti.

—Estoy seguro de ello.

—Lo haré por mi país.

—Después de cómo has sido tratada, ¿aún crees que debes algo a este país?

—Un hombre con una copa de ácido no es todo Kyonos, Xander.

—Y un hombre con una copa de ácido no debería ser toda tu vida, Layna —dijo Xander con repentina seriedad.

Layna lo miró con curiosidad.

—¿A qué debo esa sinceridad?

—No me gusta que sufras.

—Entonces, ¿por qué eres tan a menudo tú el que me hace sufrir?

—Es un don que tengo —Xander volvió la mirada hacia la ventana—. Al parecer es lo que mejor se me da. Hago daño a personas que no lo merecen —miró de nuevo a Layna—. Supongo que es una advertencia. Aún puedes echarte atrás si quieres.

Algo en la mirada de Xander conmocionó a Layna. Era una ventana a su dolor. No estaba allí quince años atrás, pero era evidente que estaba ahora. Por un instante sintió que se hallaba al borde de un abismo, contemplando el oscuro e inacabable vacío que se abría a sus pies. A la vez que la asustaba, le resultaba imposible apartar la mirada.

–No podrías hacerme sufrir más de lo que ya me has hecho sufrir –incluso mientras decía aquello sintió que era mentira. Aún no había besado a Xander y, por supuesto, no se había acostado con él. No sabía nada de las heridas que pudiera llevar ocultas en su interior.

Xander también supo que era mentira. Layna lo notó en la forma en que se curvaron sus labios, sin calidez, sin humor.

–En ese caso, será mejor que hagamos un anuncio formal de la boda.

–Supongo que sí.

–Necesitarás un vestido para la fiesta de compromiso. ¿Te importa que confíe la elección a un comprador profesional?

Layna parpadeó.

–No.

–En ese caso convendrá que te tomen las medidas cuanto antes.

–¿Y tu padre?

–Iré a visitarlo por mi cuenta.

Layna sintió que aquello no estaba bien. No estaba segura de por qué debía preocuparle el dolor de Xander, pero algo había cambiado en el transcurso de aquellos segundos, y lo cierto era que le preocupaba.

–Iré contigo. Eso ayudará a fortalecer tus planes. Cuando anuncies nuestro compromiso... Creo que mi padre se sintió muy mal por lo que me pasó.

–¿Tú crees?

–Estaba consumido por su propio dolor.

–Sí, lo sé.

–Pero una vez vino a verme. Yo... no quería hablar

con él y simulé estar dormida, pero supe que había venido.

–¿Por qué no querías hablar con él?

–Estaba empezando a asumir de verdad que nada en mi vida iba a volver a ser lo mismo. Que mi rostro nunca volvería a ser normal. Que el futuro que me aguardaba era una sucesión de veinte operaciones.

–¿Veinte? –repitió Xander, consternado.

–Acabaron siendo veintiuna, entre injertos y reconstrucción. Sabía que me aguardaba un infierno, que mi vida había quedado atrás. Resultaba duro enfrentarse a la gente. El modo en que me miraste cuando me reconociste en el convento... fue diez veces peor que cuando la gente me miraba justo después del ataque. Debía de parecer un zombi. Eso fue lo que dijo la prensa. Mi madre no paraba de llorar y mi padre enfermó. Me cansé de ver las expresiones de los que venían a verme y decidí cerrar los ojos mientras había visitas.

–En ese caso, por supuesto que puedes venir –dijo Xander en tono desenfadado, como si quisiera evitar la seriedad del tema–. Estoy seguro de que mi padre se alegrará de verte.

–Y sobre todo de verte a ti.

Xander volvió a esbozar aquella falsa sonrisa.

–Pero resultará un alivio tenerte cerca para dejar de ser el foco de atención.

Xander no dejó de encontrar motivos para retrasar la visita a su padre, aunque Layna no podía juzgarlo por ello, pues se consideraba una especialista en eludir aquel tipo de situaciones. Además, suponía que el viejo rey no se iba a poner precisamente contento con el regreso de su hijo.

Sin embargo, no se había retrasado en anunciar su compromiso y la fecha del baile. A pesar de que la prensa no le daba un respiro, Xander seguía avanzando.

Layna se quedaba sin aliento cada vez que pensaba en que iba a tener que exponerse al escrutinio de tantas personas, especialmente al de la familia de Xander.

Una llamada a la puerta de su habitación hizo salir a Layna de su ensimismamiento. Supuso que se trataba de la mujer que había acudido a tomarle medidas aquella mañana, pero al abrir se encontró con Xander, que sostenía una bolsa negra en una mano.

–¿Dónde está Patrice?

–Abajo, tomando un café. Le he dicho que quería estar un rato a solas contigo –Xander entró en la habitación y el corazón de Layna latió con más fuerza.

–Pero estás muy ocupado... –dijo, sin convicción.

–Ambos sabemos que eso no es cierto, *agape mou* –dijo Xander mientras se sentaba en el borde de la cama de Layna con una traviesa sonrisa, lo que hizo que ella se tensara como un alambre.

Xander ya había utilizado aquella expresión de cariño durante su primer compromiso. *Mi amor*. Pero ni entonces ni ahora lo había dicho sinceramente

–¿Voy a tener que hacer un pase de modelos para ti, o algo así?

–Si quieres.

–Algunos lo considerarían un pase de modelos para fenómenos de feria.

Xander se levantó rápidamente.

–Dejemos clara una cosa. No pienso admitir que haga comentarios poco halagadores sobre ti, y tampoco quiero que los hagas tú.

–¿Qué más te da? Es cierto. Mi lugar está más en

una barraca de fiera que en un concurso de belleza, y ambos lo sabemos.

–Yo no sé nada de eso –dijo Xander a la vez que daba un paso hacia Layna–. ¿Es eso lo que crees de verdad?

–¿Puedes decirme que soy bella?

El fuego de la mirada de Xander se apagó al instante.

–No –contestó–. ¿Y tú puedes decirme que soy bueno?

–No –la pregunta de Xander fue como sal en una herida abierta, pero aunque hubiera dicho que sí, ambos habrían sabido que no era cierto?

–Pero tú sí eres buena persona. ¿Y no es eso lo mejor que se puede ser?

–Cuando tengo una cámara delante prefiero la belleza.

–Te aseguro que sería mejor que siguieras siendo tú. Y ahora... –añadió Xander a la vez que tomaba de la cama la bolsa negra que había llevado consigo para dársela a Layna– ha llegado el momento de que echemos un vistazo a tu vestido.

Layna tomó la bolsa y entró en el baño. No era bella, pero era buena persona. No era la clase de mujer capaz de hacer enloquecer a un hombre, pero era buena persona. No pudo dejar de pensar en aquello mientras se ponía el vestido.

El problema era que con Xander no se sentía especialmente como una buena persona. Le hacía sentirse nerviosa, enfadada, acalorada e impredecible. Aún no entendía cómo había sido capaz de aceptar su propuesta y haber exigido que solo se acostara con ella.

Lo que significaba que iba a acostarse con ella.

Las manos le temblaron mientras subía la cremallera de la espalda del vestido. La idea de estar con

Xander... Lo deseaba. No tenía sentido negarlo. Pero le habría gustado saber que él también la deseaba.

Al salir del baño y ver su reflejo en el espejo que había en la cabecera de la cama, se quedó paralizada. El vestido era mucho más revelador de lo que había llevado en años. Y mucho más sofisticado que los que había solido elegir en su adolescencia.

Era negro, con un escote que llegaba hasta la mitad de su pecho.

—Voy a necesitar cinta de pegar —dijo mientras bajaba la mirada hacia sus pechos, que trataban de escapar del vestido. Por lo demás, era bastante recatado.

Al mirar a Xander comprobó que él también le estaba mirando los pechos. Pero a fin de cuentas era un hombre. A pesar de todo, le sorprendió el hecho de que un hombre la estuviera mirando. En lugar de sentirse ofendida por ello, experimentó una extraña sensación, mezcla de calidez y excitación.

—¿Qué te parece? —preguntó.

—Me gusta —dijo Xander con voz ronca.

—No se parece nada a lo que suelo llevar.

—No, y eso es bueno. No puedes ir al baile con uno de esos horribles vestidos de flores.

—Pero la gente me mirará.

—Sí. Desde luego que sí.

—No quiero que me miren.

—Pero lo harán, *agape*. Vas a ser su princesa, y algún día su reina. Cuando nos comprometimos por primera vez te adoraban. Te mirarán lleves lo que lleves, de manera que será mejor que cuando lo hagan vean a una mujer orgullosa de sí misma.

—Pero no me siento orgullosa...

—Pues deberías sentírtelo.

—¿Por qué?

–Porque eres la mujer que más merece la corona. Deberías mantener la cabeza alta aunque solo fuera por eso.

Xander alargó una mano hacia el pelo de Layna para soltar las horquillas que sujetaban su moño. El pelo cayó en torno a su cabeza en suaves oleadas. Aquel gesto, combinado con la intensa expresión de su rostro, hicieron que Layna sintiera que se le ablandaban las rodillas.

–Deberíamos practicar un poco.

–¿Practicar qué? –preguntó Layna, asustada.

–Esperarán que bailemos. Lleves lo que lleves, nos van a mirar, y debemos dar una buena imagen, porque no dejan de aparecer noticias en la prensa sobre mi lascivo pasado.

–¿Qué es lo que dicen ahora?

–¿*Cuántas amantes ha tenido el deshonroso heredero?*

–Oh...

–Desde luego que «oh».

–Y... ¿cuántas has tenido? –preguntó Layna sin poder contenerse.

–No voy a contestar. Y no lo sé.

–Oh.

–No me siento especialmente orgulloso de mi comportamiento. Pero se me da bien bailar.

–Todo esto es tan... –Layna se interrumpió cuando Xander pasó un brazo por su cintura y la atrajo hacia sí–. ¿Aún sabes cómo se baila, o eso es algo prohibido para una novicia? –preguntó mientras daba un primer paso como si estuviera sonando una pieza lenta de música.

–He perdido la práctica –contestó Layna mientras se esforzaba por no perder el aliento. El cuerpo de Xander era tan cálido, tan fuerte, y resultaba tan agradable sentirse presionada contra él...

En aquel momento comprendió cuánto lo deseaba. Un profundo y ardiente anhelo se extendió desde el centro de su ser hasta el resto de su cuerpo. El deseo era uno de los pequeños lujos a los que había tenido que renunciar para llevar la vida de una novicia, pero en aquellos momentos se estaba adueñando por completo de ella. El contacto del pecho de Xander con el suyo hizo que sus pezones se excitaran y que deseara que la acariciara más íntimamente.

—Yo también —dijo Xander—. En los casinos que he solido frecuentar no hay salones de baile.

—¿Es eso todo lo que has hecho desde que te fuiste?

—Básicamente. Prácticamente vivo en los casinos. No tengo casa.

—¿Ganas dinero jugando?

—No se me da mal.

—Eres un contador de cartas, ¿no?

—No a propósito. Pero no tengo la culpa de ser un poco más observador que la mayoría de las personas.

—Eres realmente malo.

Xander dejó escapar una ronca risa.

—Y ni siquiera tengo que esforzarme para conseguirlo. ¿Y qué me dices de ti? ¿Tienes que esforzarte para ser buena?

Layna parpadeó.

—En realidad no lo sé. En algún sentido no, pero no lo hago porque sea buena. Lo hago porque no tengo otra cosa que hacer. No creo que mi buen comportamiento tenga demasiado mérito.

—Para serte sincero, a mí no me has parecido precisamente una santa desde que he vuelto a verte —Xander deslizó un poco hacia abajo la mano que apoyaba en la cintura de Layna, lo suficiente como para entrar en un territorio erótico... al menos para una mujer que no había sido besada nunca.

–Puede que eso se deba a que... a que siento que estoy despertando.

–Creía que las mujeres necesitaban un beso para despertarse –dijo Xander con los labios a escasos centímetros de los de Layna.

–Puede que la Bella Durmiente sí. Pero ambos sabemos que yo no soy precisamente...

Xander acalló a Layna besándola. Ella se quedó demasiado conmocionada como para registrar la sensación que le produjo el beso. Fue breve, casi casto, pero hizo que su mundo se tambaleara. Estaba segura de que para Xander solo había sido un beso más, pero para ella había sido el primero.

–¿Qué tal? –preguntó Xander.

–Yo... –Layna se apartó de él–. No creo que eso tuviera nada que ver con bailar.

–Tenía que ver con nosotros como pareja, con nuestro debut en la fiesta de compromiso. Ha sido una extensión natural del baile.

–No creo que haga falta nada de eso hasta... hasta...

–Ya no perteneces al convento, Layna. Ahora eres una mujer.

–He sido una mujer todo el tiempo, gracias. Eso no ha cambiado en el convento. Pero nuestro matrimonio está basado en la necesidad, no en la pasión , así que no hace falta que disimules.

–¿Quién ha dicho que esté disimulando?

–Vamos, Xander. No creo que estuvieras abrumado por el deseo hace veinte minutos, cuando me has dicho que no era guapa.

–Hay algo más –dijo Xander, tenso–. Algo que...

Layna negó enfáticamente con la cabeza.

—No me mientas.

—Esto no miente —dijo Xander a la vez que bajaba una significativa mirada hacia su entrepierna—. Te tomaría de la mano para que la apoyaras en mí y lo comprobaras, pero creo que eso sería ir demasiado lejos.

—Apoyar mi mano en... —Layna sintió que el estómago se le encogía dolorosamente mientras seguía con la mirada la dirección de la de Xander—. Oh.

—He pensado que estaría prohibido.

—Sí —dijo Layna con la boca totalmente seca—. Lo está. Hasta que nos hayamos casado.

—Pareces mucho más intrigada que ofendida.

—¿En serio? Eso solo se debe a la conmoción. Estoy terriblemente conmocionada.

—En ese caso, espero conmocionarte bastante más una vez que estemos casados.

—No bromees, por favor —replicó Layna, que de pronto sintió que necesitaba tumbarse, o ponerse a llorar como una niña—. Sé que tienes mucha experiencia con las mujeres y que mantener relaciones sexuales con una chica fea por pena no es más que una anécdota para ti. Pero a mí no me hace gracia. Se trata de mi vida, y yo soy la que más puede sufrir con todo esto. Yo soy la que...

—Tú fuiste la que se definió como mi castigo, Layna. Cuando te miro no pienso que eres fea, y tampoco siento que te estoy haciendo un gran favor casándome contigo y compartiendo tu cama. De hecho, puede que te acabes sintiendo más infeliz que yo con tu exigencia de fidelidad por mi parte.

—¿Qué quieres decir?

—Quiero decir que eso hará que pase mucho tiempo contigo, y puede que te canses rápidamente de mí. Pareces pensar que yo pertenezco a un grupo más deseable de personas porque no tengo cicatrices, pero te aseguro que no eres tú la que se está llevando la mejor parte con nuestro trato. Soy egoísta, he pasado la mayoría de los últimos años batallando contra mis demonios y mis adicciones, y haciéndolo bastante mal en ambos terrenos. Puedes creer que lo que te estoy ofreciendo es sexo por pena, pero no pienses ni por un momento que no sé que lo que tengo en mis manos es un matrimonio por pena.

Layna parpadeó para alejar las lágrimas que amenazaban con derramarse de sus ojos.

—Yo no te tengo pena, lo cual no quiere decir que apruebe tu comportamiento. No estoy segura de que me gustes, pero no te tengo pena. Esto no va a ser un matrimonio de conveniencia para ninguno de los dos. Lo que vamos a hacer es por nuestro país. Y además yo lo hago para tener hijos. Quiero tenerlos. Ya no anhelo el poder, porque tenerlo significaría tener que estar sometida al escrutinio de los demás, y eso es lo último que quiero.

—De manera que va a ser un matrimonio nacido del sentido del deber con la patria y del desdén —dijo Xander irónicamente—. Me siento muy halagado.

—Supongo que ya has recibido suficientes halagos a lo largo de tu vida como para necesitar los míos.

—Estoy seguro de que mi ego podría soportarlo.

—Yo no estoy segura de que el mío vaya a sobrevivir a nada de todo esto.

—Claro que sobrevivirá —dijo Xander con firmeza, en un tono casi autoritario.

En ese momento, Layna captó un destello del rey que sería. Resultó extraño, porque lo había conocido como un joven gallito repelente, aunque realmente guapo y tentador. Apenas había llegado a conocer al hombre en el que se había convertido, herido y con un profundo desprecio hacia sí mismo. Se odiaba tanto como se había amado a sí mismo de joven.

Pero, por un instante, todo aquello se desvaneció y Layna no vio en él más que confianza, seguridad en sí mismo.

—Por eso voy a casarme contigo —dijo Layna con suavidad—. Porque creo que, a pesar de lo que hayas hecho en el pasado, tu futuro está atado al de Kyonos. Contigo avanzaremos o caeremos, y si caemos será porque la gente no ha sido capaz de superar el pasado. El hecho de que te fueras...

—De que matara a la reina —dijo Xander.

—Tú no la mataste. Conducías el coche, pero fue un accidente. Fue...

—La gente piensa que sí, Layna. Como el hombre que trató de arrojar ácido a tu padre consideraba a este responsable de sus problemas.

—Entonces ese es el motivo —dijo Layna, que de pronto sintió la necesidad de volver a acercarse a Xander. De entrar en contacto—. Por eso me voy a casar contigo. Porque, si puedo ayudar de algún modo a sanar las heridas, lo haré. Porque tú eres el futuro.

Xander frunció el ceño y alzó una mano para acariciar la mejilla marcada de Layna.

—Es una pena que el tiempo no pueda sanar tus heridas.

—Lo es.

—A veces pienso que tampoco sanará las mías —dijo Xander, que a continuación giró sobre sí mismo y salió de la habitación, dejando a Layna más confusa de lo que nunca se había sentido en su vida.

Capítulo 8

XANDER había olvidado cuánto odiaba aquella clase de acontecimientos, aunque la fiesta de celebración de su compromiso era pequeña comparada con las que solían organizarse en el palacio, especialmente por respeto al estado de salud del rey.

Xander sabía que debía ir a visitarlo, pero no era una tarea fácil. La última vez que había estado ante él lo había acusado de ser el responsable de la muerte de la reina.

Y ya que no se equivocaba, Xander había hecho finalmente lo que Stavros y el hombre que creía ser su padre habían querido. Se había ido.

Porque así había sido más fácil para todo el mundo. Y para él.

A fin de cuentas, él no era el verdadero heredero.

«No se lo puedes decir, Xander. Tú tienes que ser el rey. Tú eres el primer hijo que tuve y el derecho debería ser tuyo al margen de los errores que pueda haber cometido yo».

Xander dejó de escuchar el sonido de la suplicante voz de su madre. Odiaba revivir aquella conversación. Especialmente porque fue la última que tuvieron. Lo cambió todo.

Volvió la mirada hacia el otro lado del salón, donde se encontraba Layna. Estaba... lo cierto era que estaba preciosa a su manera.

Había sido expertamente maquillada y la piel dañada de su rostro parecía más avejentada que marcada. Pero sus ojos resaltaban en su rostro con un brillo y dorada calidez que encajaba a la perfección con el rosa de sus labios. Y aquel vestido... el vestido que hacía que su cuerpo se excitara, que la deseara...

Porque lo más sorprendente de todo aquel arreglo era que la deseaba. Y no había esperado desearla. Después de haber disfrutado a lo largo de aquellos disolutos años de preciosas modelos, actrices y mujeres siempre bellas y sensuales, jamás habría imaginado que Layna pudiera llegar a suponer una tentación.

Y sin embargo, cuando la había besado hacía algunos días se había llevado una sorpresa. Nunca había saboreado nada parecido a los labios de Layna y, para un hombre hastiado como él, la experiencia resultó realmente afrodisíaca.

—Supongo que habrá que felicitarte.

Xander se volvió hacia Stavros y Eva, que lo miraba con expresión sonriente a la vez que apoyaba una mano en su abultado vientre. Xander habría querido abrazarlos a los dos, pero no sabía si podía. Y aquello era muy extraño, porque ¿quién no sentía que podía abrazar a sus hermanos cuando quería? ¿Quién era capaz de pasarse quince años sin hablar con ellos?

Durante ese tiempo, Eva se había convertido en una mujer y había tenido un hijo. Stavros también era ya un hombre, no el adolescente que Xander había dejado atrás.

De pronto se sintió viejo. Y algo más que un poco cansado.

—Felicidades a vosotros también —contestó con las manos a la espalda.

—Me ha sorprendido que aceptara casarse contigo

–dijo Stavros a la vez que volvía la mirada hacia Layna, que parecía estar deseando desaparecer en un rincón bajo los atentos ojos de los invitados.

–¿En serio? Teníamos un acuerdo antes de mi marcha.

–Y las cosas han cambiado.

–Ya lo he notado –dijo Xander.

Eva sonrió y dio un paso hacia él.

–Me alegra que estés de vuelta, Xander. No quiero que haya tensión entre nosotros, así que me gustaría dejar a un lado todos los enfados y arrepentimientos. Eso se lo dejo a Stavros, dado que no creo que le vaya a resultar tan fácil dejar correr las cosas como a mí. Llevo demasiado tiempo echándote de menos y no quiero perder ni un segundo con reproches de ninguna clase.

–Te lo agradezco, Eva –dijo Xander, sintiéndose extrañamente emocionado–. Planeo quedarme.

Stavros frunció el ceño.

–Me gustaría no tener que volver a hablar contigo nunca más, pero vas a ser rey y mi esposa insiste en que debo ser amable contigo porque, además de eso, vas a ser el tío de nuestros hijos y estaría mal privarlos de esa relación.

–Así que te ha amenazado, ¿no? –dijo Eva con una sonrisa.

–No quiero dormir en el sofá el resto de mi vida –replicó Stavros en tono irónico–. Pero algún día... tendremos que hablar sobre todo. Y puede que algún día deje de estar tan enfadado. Pero no hoy.

Xander asintió.

–De acuerdo –dijo, aunque sabía que nunca hablarían de «todo».

A continuación, Stavros le presentó a su esposa Jessica y a sus dos hijos, y Eva le presentó a su marido, Mak.

Cuando Xander volvió de nuevo la mirada hacia Layna vio que parecía a punto de fundirse con la pared.

–Disculpadme –dijo–. Hay una mujer que está esperando a que la invite a bailar.

No quería ver a Layna comportándose así. No quería ver cómo trataba de desaparecer, aunque no sabía exactamente por qué debería importarle aquello. Con Layna iba a conseguir el necesario apoyo de la prensa y podría tener herederos. Aparte de eso, nada debería importarle.

Pero le importaba.

–¿Tratas de convertirte en otra capa de pintura? –preguntó cuando estuvo cerca de ella.

–¿Qué?

–Parece que tratas de convertirte en parte de la pared.

–Me has dejado sola y me siento muy... incómoda.

–Pues yo creo que estás preciosa y...

–No sigas –interrumpió Layna en tono de advertencia.

–Pero es cierto.

–Al menos comparada con el aspecto que suelo tener.

–¿No vas a darme ninguna opción de ganar?

Layna parpadeó y sus oscuras pestañas acariciaron sus altos pómulos.

–Gracias.

–De nada, y ahora ¿vas a bailar conmigo y a dejar de comportarte como si quisieras desaparecer?

–¿De verdad vamos a bailar? –preguntó Layna, conmocionada.

–Para eso estuvimos practicando, cariño –contestó Xander a la vez que le ofrecía su mano.

Layna la aceptó como una autómata y dejó que la llevara hacia el centro del salón

Una vez en la pista de baile, Xander la tomó entre sus brazos con bastante más delicadeza de la que había utilizado en su dormitorio.

–Relájate –susurró junto a su oído.

El aroma de Layna lo alcanzó de lleno. No era falso, ni floral. Olía a viento, a mar, a hierba. A piel. Era Kyonos, y Xander experimentó una extraña sensación de necesidad, de nostalgia...

Su deseo por Layna surgía de un lugar profundo. No provenía del hecho de estar mirándola, ni tocándola, sino que estaba en su propia presencia, en su propio ser que, de alguna manera, conectaba con algo en su interior.

Tal vez se trataba de su dolor compartido... o de algo más prosaico, como el hecho de llevar varios meses célibe. En cualquier caso, empezaba a ser demasiado intenso como para luchar contra ello.

–Nos está mirando todo el mundo, ¿verdad? –murmuró Layna.

–¿No te habías maquillado desde que sufriste el ataque? –preguntó Xander.

–Solo lo intenté una vez, después de la última operación. No ayudó, pero en esta ocasión he pensado que era conveniente...

–Estás preciosa. Y lo digo en serio.

–La maquilladora ha hecho un trabajo excelente, pero no hace falta que mientas.

–Eres una mujer muy testaruda, Layna. Y te deseo.

–No entiendo.

–¿Qué es lo que no entiendes? ¿El deseo? ¿Sabes lo que significa desear a alguien?

–Sí, y no necesito que me mientas al respecto.

–No te estoy mintiendo –Xander atrajo a Layna contra su cuerpo para hacerle sentir la evidencia de su deseo, y no se molestó en reprimir sus fantasías. Imaginó lo que sería tenerla desnuda entre sus brazos, lo que supondría darle placer, hacerle salir de la celda en la que se había encerrado, una celda en la que no había pasión, ni deseo. Tan solo una sensación de aburrida satisfacción.

Quería ver cómo perdía el control con él a la vez que él lo perdía con ella. Porque, por algún motivo, sabía que Layna era la única que podía hacerle volver a sentir. La única que podía provocar en él un cambio duradero.

Por un instante estuvo a punto de olvidar todo comedimiento para llevársela a la alcoba más cercana y hacerla suya sin pararse a pensar en las consecuencias.

Pero aquella fantasía solo duró un instante. No había cambio posible para él. Ni siquiera Layna podría lograrlo. No iba a encontrar ninguna magia en sus labios.

Pero el placer sí que existía, y él era un hombre que había pasado años consumido por el deseo del placer. Aquello explicaba con sencillez por qué se sentía tan atraído por ella. No estaba en su naturaleza negarse nada de lo que quería.

–Lo siento, pero esta vez no he sido capaz de contenerme. Me has acusado de mentir sobre mi deseo y quería que notaras en la práctica que eso no es cierto.

Layna se apartó de él y se alejó, dejándolo en medio de la pista, conmocionado y terriblemente excitado.

La siguió abriéndose paso entre los invitados y vio que se dirigía a uno de los balcones. Al salir vio cómo temblaban sus hombros a causa de los sollozos y experimentó una dolorosa punzada de culpabilidad.

–¿Qué he hecho? –preguntó con toda la delicadeza

que pudo–. ¿Te he ofendido con mi erección? Porque vas a tener que acostumbrarte si vas a casarte conmigo.

Layna se volvió a mirarlo con lágrimas en los ojos.

–Vamos, Xander. Deja de hablar como si se tratara de ti cuando en realidad se trata de mí. No entiendo nada... Yo...

–¿Me deseas? –interrumpió Xander.

–No se trata de eso...

–Pero «eso» forma parte del matrimonio.

–También se supone que el amor forma parte del matrimonio.

–Sé muy poco sobre el amor. Personalmente, prefiero el deseo y, si eso es todo lo que podemos tener, a mí no me supone ningún problema.

Layna movió la cabeza, abrumada.

–No puedo enfrentarme a eso ahora, con todo el mundo mirándonos. Probablemente, ya he estropeado las cosas saliendo aquí como lo he hecho.

–No pasa nada. Puede que mi forma de actuar no haya sido especialmente apropiada, pero he perdido mucha práctica en lo referente al comportamiento civilizado.

–Haces... haces que desee cosas, Xander. Cosas que ya creía olvidadas, y eso me asusta, porque, según mi experiencia, desear cosas es un camino empedrado de dolor.

–Estás pensando en las emociones, Layna, pero el sexo puede ser algo mucho más sencillo. Y mucho más divertido.

Layna rio sin humor.

–No sé nada sobre eso.

Xander volvió a excitarse de inmediato al escucharle decir aquello.

–Yo podría enseñarte.

–No recuerdo haberme sentido tan tentada por ti

cuando pensaba que eras un ser humano decente, así que ¿cómo es posible que ahora me sienta tan atraída?

—El deseo y la pasión no tienen por qué tener sentido, Layna.

—Supongo que no —dijo ella con expresión cautelosa—. Puede que por eso la iglesia tenga una postura tan radical al respecto. Al parecer, nuestros cuerpos no son capaces de controlar sus deseos...

—¿Eres incapaz de controlar el deseo de tu cuerpo por mí? —preguntó Xander con voz ronca, sorprendido por la intensidad con la que deseaba escuchar una respuesta afirmativa.

—Deberíamos volver dentro —murmuró Layna a la vez que bajaba la mirada.

—No has respondido a mi pregunta.

—Y no voy a hacerlo. He salido casi corriendo del baile y se supone que lo que debo hacer es ayudarte a proyectar una imagen de estabilidad. Creo que es hora de que volvamos al interior y nos mostremos unidos.

Xander asintió lentamente. No había duda de que a Layna se le daba bien aquello. Él había olvidado por unos momentos todo lo relacionado con el baile y su compromiso. Si Layna le hubiera dejado, le habría subido el vestido y la habría penetrado allí mismo, contra la barandilla, con el mar de fondo y la brisa acariciando su rostro. Estaba claro que se le daba mejor pensar en sus propios apetitos que en su gente.

—¿Crees que podré hacerlo? —preguntó de pronto, sin saber muy bien por qué.

—¿A qué te refieres?

—¿Crees de verdad que podré ser un buen rey? Pareces muy segura de mí en ese aspecto. No me respetas en el terreno personal, pero no pareces tener dudas respecto a mi capacidad para gobernar. ¿Por qué?

–Porque no quieres hacerlo. Porque no es algo fácil y el poder no te atrae en lo más mínimo. No hay nada más adecuado para gobernar.

–¿Porque no quiero hacerlo?

–Sí. Eso me hace asumir que tus razones son puras.

–Puede que mis razones sean muchas cosas, pero no creo que sean precisamente puras. Dudo que algo en mí lo sea.

–¿Estás listo para volver dentro? –preguntó Layna.

En aquel momento, Xander solo pudo sentir admiración por ella, por su fuerza. Él tan solo estaba renunciando a una vida de autocomplacencia, malgastada en aventuras sexuales intrascendentes.

Pero a Layna le estaba costando todo el orgullo que tenía. Y allí estaba, dispuesta a volver al baile a pesar del terrible esfuerzo que suponía para ella exponerse públicamente.

–Sí, *agape*. Volvamos dentro a mostrar a todos el aspecto del futuro de nuestro país.

Capítulo 9

LAYNA no entendía qué le pasaba, por qué había sentido que se derretía con Xander, por qué había salido corriendo del salón de baile cuando la había estrechado contra su duro cuerpo.

Pero en realidad sí lo sabía. Lo cierto era que no tenía idea de cómo manejar a los hombres, de cómo enfrentarse al deseo que empezaba a envolverla como una hiedra.

Se suponía que no debería sentir nada por Xander, pero estaba enfadada con él. Estaba enfada con él por haberla dejado, y estaba enfadada con la vida por cómo le habían ido las cosas.

Pero lo cierto era que también lo deseaba, y aquello era algo a lo que no sabía cómo enfrentarse.

Respiró profundamente el salino aire del mar. Suponía un auténtico alivio estar fuera del salón de baile, donde había experimentado una incómoda claustrofobia y del que había escapado en cuanto había podido. Ya se había ido casi todo el mundo cuando se había excusado para salir.

Temía los titulares que fueran a salir al día siguiente en la prensa. Temía el futuro, algo que resultaba inquietante, pues hacía mucho que no se preocupaba por el futuro. En el convento, los días se habían parecido mucho unos a otros, y el futuro había sido siempre algo seguro, estable, sólido. Los días se habían extendido ante ella como un mar calmado e interminable.

Pero en aquellos momentos se sentía como si navegara en medio de una terrible tormenta sin saber dónde acabaría.

–Pensaba que tal vez había visto un fantasma.

Layna, que estaba sentada en la arena sin preocuparse por la humedad ni por su vestido, volvió la mirada y vio a Xander de pie a su lado. Se había quitado la chaqueta y la corbata y llevaba la camisa abierta a la altura del cuello.

–Así fue como me sentí el día que apareciste en el convento. ¿Qué haces aquí, Xander?

–Yo podría hacerte la misma pregunta.

–Estoy... pensando.

Xander se sentó a su lado.

–Voy a pensar contigo.

–Se piensa mejor solo.

–Debe de resultar aburrido estar solo.

Layna contempló un momento el horizonte antes de hablar.

–Tú nunca estás solo, ¿no? Me refiero a que nunca has tenido que estarlo. Has vivido en medio de una especie de fiesta perpetua estos últimos años.

–Es cierto que he estado rodeado de gente, pero te asombraría comprobar hasta qué punto puede resultar eso un infierno.

–Dudo que hayas pasado una noche solo si no querías estarlo –dijo Layna con amargura–. Y seguro que acabar a diario borracho en un casino era terrible, pero mientras tú hacías eso yo estaba sola en casa de mis padres, desfigurada, atendida por dos empleados del servicio que debían asegurarse de que comiera algo y de mantener controlados mis medicamentos contra el dolor para que no sufriera una sobredosis. Así que disculpa si no siento lástima por las dificultades por las que has tenido que pasar.

–Layna...

–No –interrumpió Layna mientras se levantaba–. No pensaba contarte nada de esto pero, a fin de cuentas, ya no me queda orgullo, así que creo que debes saberlo. Y debes saberlo porque deberías haber estado allí, Xander. Deberías haber estado a mi lado... –un sollozo interrumpió las palabras de Layna a la vez que las lágrimas comenzaban a deslizarse por sus mejillas–. Te... necesitaba. A veces necesitaba que alguien me abrazara, pero no había nadie. Tú deberías haber estado a mi lado. Se suponía que ibas a ser mi marido, que no ibas a dejarme...

–No volveré a irme –dijo Xander con aspereza–. Aunque, si me hubiera quedado entonces, no creo que hubiera sido capaz de hacer lo que esperabas que hiciera...

–Cualquier cosa habría sido mejor que estar sola. Acabé volviéndome adicta a los analgésicos. Era mucho más agradable estar drogada que sentir. Sin las medicinas lo único que me quedaba era la desesperación, una desesperación que me hacía pensar en la posibilidad de desaparecer, en la posibilidad de entrar en el mar y seguir avanzando hasta que el agua cubriera mi cabeza... A fin de cuentas, ¿a quién iba a importarle?

Xander masculló una maldición.

–Lo siento...

–¿Por qué no te quedaste para ayudarme? ¿Por qué fuiste incapaz de pensar en otra cosa que en ti mismo?

–Porque maté a mi madre, Layna. Porque mi padre me miró a los ojos y me dijo que me consideraba culpable de su muerte, como mi hermano. Porque no me sentía capaz de quedarme y enfrentarme a aquello. Puede que yo no haya pensado en el suicidio, pero todo lo que he hecho ha sido para acortar mi existencia de la manera más espectacular posible.

Layna sintió que su corazón se encogía y, por primera vez, pensó realmente en Xander, en su pérdida.

—¿De verdad te culparon de la muerte de tu madre? —murmuró.

—Sí.

—Pero eso no es justo. Fue un accidente.

Xander asintió lentamente.

—Mi madre y yo estábamos discutiendo. Eso solo lo sé yo. Estaba enfadado y no presté la atención debida a la conducción. De pronto me encontré a pocos metros de un camión que se había cruzado en la carretera. El susto no me permitió reaccionar adecuadamente. Me había dejado llevar por las emociones y sufrimos el accidente por mi culpa. Probablemente debería haberme quedado a tu lado, pero creo que no habría sido el hombre que necesitabas. No era el hombre que tú creías que era.

—Nunca le había dicho a nadie que tuve... problemas para seguir viviendo —dijo Layna—. Pero lo bueno es que ahora, cuando recuerdo lo mal que lo pasé, ya no me siento así.

—¿Tu estancia en el convento te ayudó a salir adelante?

—Me dio un propósito. No sabía qué hacer conmigo misma. Ya no te tenía a mi lado, nuestro matrimonio había pasado a la historia y no iba a ser reina. Ningún hombre iba a querer casarse conmigo. Mis supuestos amigos, a los que solía criticar mordazmente a sus espaldas, no querían verme. Nadie volvió a invitarme a ninguna fiesta y además yo no habría querido ir. Pero después de conocer a las monjas, de enterarme del trabajo que hacían, pensé que, en lugar de dedicarme a sufrir recordando, podía dedicarme a algo nuevo.

–Eso se parece a lo que hice yo, aunque sin el altruismo y la castidad.

–Ah, ¿sí?

–Todo cambió para mí. Dejé de ser quien había sido.

–Así es como me siento yo ahora. Demasiado distinta a la joven que era hace quince años, y también distinta a la mujer que era hace una semana, cuando viniste a buscarme.

–Lo siento –dijo Xander en un tono descarnadamente sincero–. Siento haber vuelto a alterar tu vida. Y también siento mucho que estuvieras y te sintieras tan sola. Y tienes razón al decir que si pasaba alguna noche a solas era solo porque quería. Pero sucede algo muy extraño con el sexo. Por unos momentos se produce una conexión de alguna clase con el otro. Son diez minutos de euforia pero, al final, aunque estés pegado a la piel de otro, incluso aún estando dentro de esa persona, puedes sentirte más solo que nunca en tu vida –Xander se levantó y metió las manos en sus bolsillos–. No hay nada más aterrador que eso, porque en esos momentos te das cuenta de lo alejado que estás del contacto humano.

–¿Y es así como te sientes ahora? –preguntó Layna.

–Ya no me siento capaz de amar, de sentir algo profundamente. Me preocupa mi país, pero lo que hago proviene de mi cabeza, no de mi corazón.

–¿Es eso una advertencia?

Xander asintió lentamente.

–Tal vez. No quiero hacerte más daño del que ya te he hecho. Pero haremos que nuestro matrimonio sea real. Para eso no necesitamos el amor. Y... te seré fiel.

–Eso ya me lo habías dicho.

–Ahora te lo repito de verdad. Conozco la clase de dolor que provoca la infidelidad. Aunque el otro miembro de la pareja nunca llegue a averiguarlo, siempre hay consecuencias.

–¿Y qué más hay, Xander? –preguntó Layna que, por algún motivo, había intuido que quería decir algo más, que su dolor provenía de un lugar aún más profundo.

–No hay nada más.

–¿De verdad?

–No tiene importancia –dijo Xander, y carraspeó antes de seguir hablando–. Mañana vamos a ir a ver a mi padre.

–¿Los dos?

–Sí.

–Pensaba ir de todos modos. Ya no vas a estar solo, Xander. Ni yo tampoco.

Capítulo 10

XANDER no podía seguir escondiendo siempre los titulares de la prensa a Layna. Pero podía esforzarse lo más posible en lograrlo. Había esperado algo diferente. Tal vez alguna mención de la valentía de Layna, de su valor.

Pero se habían dedicado a publicar fotos de antes y después. De Layna, joven y radiante, y de Layna tal como era ahora, con las cicatrices que habían cambiado su rostro. Se preguntaban si ella iba a ser el «rostro» de la nación.

Y de pronto habían empezado a tratarlo a él como si fuera un santo dispuesto a cumplir con sus compromisos a pesar de las circunstancias.

La sangre le hirvió de rabia contra la prensa, contra sí mismo. Había utilizado a Layna. La había expuesto a todo aquello.

Pero pensaba protegerla con todas sus fuerzas. Porque la necesitaba. Porque sin ella no sería capaz de gobernar.

Pero en aquellos momentos no podía pensar en aquello. Iba a ver a su padre, y al hacerlo iba a enfrentarse a la parte más dura de su pasado.

Al menos Layna estaría a su lado.

Su padre era un anciano. Aquel fue el primer pensamiento de Xander cuando entró en la habitación del hospital y vio al hombre que siempre había considerado tan imponente sujeto a toda aquella maquinaria médica.

Estaba dormido. O tal vez inconsciente. Xander no estaba seguro, y no sabía si iba a ser capaz de averiguarlo.

Sintió que una delicada mano tomaba la suya y volvió la cabeza hacia Layna, conmocionado.

—¿Qué hacemos? No está despierto —murmuró.

—Háblale.

—Me sentiría estúpido.

Layna soltó la mano de Xander y se acercó a la cama.

—Rey Stephanos, soy Layna Xenakos. Estoy aquí con Xander, que ha vuelto a casa, por usted, por Kyonos.

Cuando Layna se volvió de nuevo hacia Xander, el sol que entraba por la ventana cayó de lleno sobre su pelo, realzando sus tonos dorados y castaños. Estaba radiante y Xander tuvo la sensación de que el culpable no era el sol. El brillo de Layna parecía proceder de su interior.

—¿Lo ves? Yo no me siento tonta.

—Ya me he dado cuenta. Pero hace mucho que yo no hablo con él...

Xander miró a su padre y trató de encontrar algo de sí mismo en él. Porque, de algún modo, siempre había esperado que su madre hubiera estado equivocada. Pero no vio nada de sí mismo en aquel anciano. Sí vio la testaruda barbilla de Eva, y muchos rasgos de Stavros. Pero nada de sí mismo.

El rey no era su padre.

De pronto la habitación le pareció demasiado pequeña y el bip de las maquinas se volvió ensordecedor.

—Vámonos —dijo a la vez que desabrochaba el botón superior de su camisa para poder respirar mejor—. Tengo que salir de aquí.

Salió de la habitación prácticamente boqueando como un pez fuera del agua. No paró de caminar hasta que bajaron al aparcamiento del hospital, donde se detuvo y tuvo que apoyar las manos sobre las rodillas mientras trataba de recuperar el resuello.

–¿Qué pasa, Xander? –preguntó Layna, preocupada–. Sé que parece muy enfermo, pero es tu padre y...

–No... Layna... –Xander se sintió incapaz de seguir. Apenas podía pensar. De manera que hizo lo que sintió que quería hacer. Tomó a Layna por ambos brazos y la estrechó contra su cuerpo.

Acarició su mejilla, la que no tenía cicatrices, y no vio sentido a negarse lo que deseaba en aquellos momentos, cuando todo volvía a ser terrible y lo único que quería era desaparecer.

Se inclinó y besó a Layna en los labios. Y no lo hizo con delicadeza. Lo único que le importaba en aquellos momentos era sentir el efecto que aquel beso pudiera tener en él.

Y desde luego que le afectó.

Sintió que su cuerpo ardía y que las llamas eran tan intensas que no podía sentir nada más. Tan solo deseo. Hizo entreabrir a Layna los labios con los suyos y deslizó la lengua en el interior de su aterciopelada boca.

Sí. Aquello era lo que necesitaba. Sintió que podía perderse en aquella dulzura, en la dulzura de Layna. Ella no sabía cómo devolverle el beso, siempre un paso por detrás, con los dedos curvados contra su camisa como pequeñas zarpas.

Y fue el beso más erótico que Xander había experimentado nunca.

–¿Dónde está el coche? –preguntó con voz ronca, apenas capaz de pensar.

–Por... por ahí...

Xander tomó a Layna de la mano y la llevó rápidamente hasta la limusina, que estaba aparcada cerca de la salida. Abrió la puerta, pasó al interior tirando de Layna y luego volvió a cerrar, de manera que ella quedó apoyada contra su pecho.

No se había maquillado aquella mañana, llevaba el pelo suelto en torno al rostro y había vuelto a ponerse uno de sus vestidos monjiles. Tras asegurarse de que el cristal tintado que los separaba del conductor estaba bien cerrado, atrajo a Layna hacia sí y la besó aún con más dureza e intensidad que antes. Volcó todo en aquel beso. Toda su rabia. Todo su deseo. Todo.

Y dejó de sentir que se estaba ahogando.

Podía olvidarse de sí mismo así. Porque una mujer como Layna nunca habría besado a un hombre como él y eso hacía que le resultara fácil simular que era diferente. Un hombre diferente en otro momento y en otro lugar.

Pero sabía que era Layna. Lo supo cuando acarició con el pulgar las cicatrices de su mejilla. Cuando aligeró la presión sobre sus labios y sintió el tejido endurecido de la comisura de estos.

Layna, a la que los medios de comunicación habían llamado fea. Layna, a la que deseaba poseer y proteger más que a nada en el mundo.

Apoyó las manos en sus caderas y tiró hacia arriba de la fina tela de su vestido. Su cuerpo era un tesoro. De caderas plenas, redondeadas, cintura delgada, y aquellos pechos...

Necesitaba verla. Verla entera. Ya.

Pero cuando fue a tirar de nuevo del vestido hacia arriba, Layna se apartó.

—¿Qué haces? —preguntó, conmocionada.

—Si me lo tienes que preguntar está claro que he hecho algo mal.

Xander estaba tan duro que le dolía. Y sentía los pulmones encogidos. Verse privado de los labios de Layna era como quedarse sin oxígeno. La necesitaba. No sabía explicar por qué, pero la necesitaba.

Aunque nunca le permitiría saberlo.

—Sé que estabas... que estabas...

—¿A punto de hacerte el amor?

—Bueno... eso. Pero estamos en el aparcamiento, y el conductor está del otro lado del cristal...

Xander miró hacia el exterior por la ventanilla.

—No hay nadie.

Layna se sentía como si hubiera pasado demasiado rato bajo el agua. Los pulmones le ardían, sentía que la cabeza le daba vueltas y su cuerpo parecía palpitar en sitios especialmente reveladores.

Xander prácticamente la había devorado. En un aparcamiento. Jamás había sido devorada por un hombre, y mucho menos en un aparcamiento.

Le asustaba comprobar hasta qué punto le había hecho perder Xander el control, el sentido común. Estaban en un lugar público y había estado a punto de perder su virginidad en la parte trasera de una limusina.

Pero, cuando Xander había salido prácticamente corriendo de la habitación del hospital, el dolor había emanado de él en oleadas, y ella había comprendido de inmediato su necesidad de besarla, aunque no entendía por qué.

—Da igual que no haya nadie. La gente no hace... cosas como esa.

—Yo sí —dijo Xander mientras se sentaba de forma más adecuada. El hombre desesperado de hacía unos momentos había dado paso al personaje que tan orgulloso estaba de representar.

—Pues yo no. Eso es algo sobre lo que tendrás que aclararte cuando estés casado conmigo.

–¿Eres una mojigata?

–Prácticamente una monja.

–*Touché* –Xander pulsó el botón del intercomunicador–. Llévenos de vuelta al palacio, por favor.

–¿Vas a explicarme qué ha pasado en el hospital? –preguntó Layna.

–No tiene importancia.

–Algo que te afecta tanto no puede carecer de importancia.

–Carece de importancia en lo referente a ti y a mí.

–Ya.

–No puedes comportarte como una prometida ofendida, Layna, sobre todo porque no te comportas como una verdadera prometida cuando te necesito.

–¿Qué quieres decir con eso? –preguntó Layna con el ceño fruncido.

–Que lo que necesitaba hace un momento no era precisamente hablar, nena. Lo que necesitaba era fo...

–Basta. Deja de convertirte en una bestia horrible cada vez que entras en un territorio en el que te sientes herido. Lo que pasara entre tu padre y tú no es mi culpa. De hecho, ya he sufrido suficiente a causa de todo lo relacionado con ello, gracias.

–¿Qué tiene de malo disfrutar un poco?

–¿Te importaría dejar esas ridículas banalidades? No me estás contando lo que realmente te pasa. Y además no pienso dejarte... al menos aquí.

–¿Vas a seguir con tu plan de esperar a la noche de bodas?

–Sí –contestó Layna con firmeza, aunque consciente de que lo hacía por autoprotección. Para demostrar que podía esperar, que no se sentía impotente ante aquella... atracción.

–En ese caso, supongo que no nos vamos a necesitar mucho el uno al otro durante las próximas semanas. Durante ese tiempo me gustaría que te coordinaras con Athena, la secretaria personal de mi padre. Ella tiene toda la información referente a Kyonos, al presupuesto, a las obras benéficas... Convierte eso en tu proyecto. Y voy a hacer que te envíen un vestuario que no podrás rechazar. Quema esos vestidos que has llevado últimamente.

–Pienso donarlos –replicó Layna, irritada por la actitud mandona de Xander.

–Haz lo que quieras, pero líbrate de ellos. Y no te preocupes, *agape mou*. Pienso asegurarme de que también disfrutes de todo esto –dijo él con voz ronca–. Y varias veces cada noche si eres buena chica.

Layna sintió que le ardían las mejillas.

–En ese caso, puede que para entonces me esfuerce en ser una mala chica.

Una lenta y sensual sonrisa curvó los labios de Xander.

–Mejor aún.

Como había dicho, Xander evitó a Layna durante las dos semanas siguientes. Y ella se mantuvo ocupada. Athena tenía mucha información útil sobre el país y entre las dos elaboraron diversos programas de protección social.

A Layna le alegraba poder ser útil en todo aquello y contar con los medios para llevarlo a cabo, pero lo cierto era que se sentía infeliz por no estar viendo a Xander. Debería haberse alegrado de poder librarse unos días de él, pero se había acostumbrado a su presencia, a no sentirse sola...

Y echaba de menos cabalgar. Sabía que tenía que hacer algo al respecto, pero había estado demasiado ocupada como para centrarse en aquello.

Al entrar en el comedor vio a Xander sentado a la mesa. Estaba leyendo un periódico que tenía ante sí y, por su expresión, no parecía precisamente contento. El corazón de Layna latió con más fuerza. No se había encontrado con él durante todos aquellos días y, de repente, allí estaba.

—Hola —saludó a la vez que entraba en el comedor.

En cuanto la vio, Xander cerró rápidamente el periódico.

—Suponía que estabas encerrada en alguna habitación, trabajando con Athena.

—Hoy hemos acabado antes. Athena ha tenido que irse a casa porque tiene a su hijo malo. ¿Por qué tenías esa cara mientras mirabas el periódico?

—No era nada. Ya se sabe que las noticias nunca son buenas, ¿verdad?

Layna avanzó hacia donde Xander estaba sentado y, aunque este trató de ocultar el periódico con un antebrazo, pudo captar la foto de un trozo del vestido que había llevado al baile. Alargó rápidamente una mano y tomó el periódico.

—*La Princesa Zombi* —leyó en voz alta—. Oh...

—No pienso consentirlo —dijo Xander en tono sombrío a la vez que volvía a quitarle el periódico—. Voy a tomar las medidas necesarias para...

—No puedes abolir la libertad de prensa. La gente puede pensar y decir lo que quiera.

—Todo esto es basura —dijo Xander, irritado—. Te han hecho daño y no voy a permitir que esto continúe.

—Es solo una broma de mal gusto, y muy vieja —replicó Layna con un suspiro—. Es cierto que parezco un poco salida de entre los muertos. Podrían haberme llamado algo peor. La prensa solo ha hecho lo que imaginé que haría: tomar el camino fácil e insultar mi aspecto. Es lo que suelen hacer, y lo mejor sería ignorarlo.

–Miserables... –murmuró Xander a la vez que tomaba su móvil para hacer una llamada–. Aquí Xander Drakos. Quiero que localicen al dueño del *National Daily* y le hagan saber que, si no quiere tener problemas, más vale que publique un artículo retractándose por lo que ha dicho sobre mi prometida. De lo contrario, lo denunciaré –añadió antes de colgar–. Ya está. Yo me siento mejor ahora; no sé tú.

–No era necesario –dijo Layna.

–Oh, vamos, no tiene sentido tener poder si no puedes abusar un poco de él.

–Retiro lo que dije sobre tu idoneidad para dirigir el país –dijo Layna con severidad.

Xander se levantó y le dedicó una intensa mirada con sus oscuros ojos. Layna pensó por un instante que iba a tomarla en sus brazos para volver a besarla como lo hizo en el aparcamiento del hospital... y descubrió que estaba deseando que lo hiciera.

–¿Puedo leer el resto del artículo? –preguntó.

Xander le entregó el periódico, reacio. Layna se concentró en leerlo. Una de las cosas que había cambiado en el tono de los artículos era el modo en que la prensa veía a Xander. Hablaban de él como de un hombre transformado, algo que evidenciaba el hecho de que estuviera dispuesto a casarse con Layna.

–Parecen más contentos contigo, y eso es bueno.

–Al parecer, piensan que me he reformado.

–¿Y te has reformado?

–No estoy seguro –dijo Xander con un encogimiento de hombros.

Layna se cruzó de brazos y lo miró con gesto desafiante.

–¿Vas a volver a huir?

–No. No puedo huir permanentemente –dijo Xander, despacio–. Pero creo que necesito tomarme un día libre. ¿Te gustaría venir conmigo?

–¿Adónde?

–A la playa. Creo que necesito un día en la playa.

Xander eligió un ostentoso coche deportivo para hacer la excursión a la playa. Mientras se ponían en marcha, Layna se sentía extrañamente animada, extrañamente feliz. Aquellos momentos parecían pertenecer a otra época. Los titulares sobre la *Princesa Zombi* seguían merodeando en su mente, pero en aquellos momentos solo podía pensar en las verdes montañas que los rodeaban y en la playa que los aguardaba como una joya reluciente frente al mar.

–Todo esto me recuerda al pasado –dijo con un suspiro de satisfacción–. Pero en buen sentido.

–A mí también –replicó Xander.

Permanecieron largo rato en silencio, disfrutando de la brisa y del sol que caía de lleno sobre ellos mientras avanzaban por las sinuosas carreteras de aquella zona de la isla.

De pronto, tras haber hecho un giro especialmente pronunciado, Layna notó que Xander se tensaba y apretaba las manos en torno al volante con tal fuerza que los nudillos se le pusieron blancos. Cuando lo miró al rostro, la dureza de su expresión la asustó.

–¿Qué sucede, Xander?

–Nada –contestó él secamente, y Layna notó que estaba haciendo esfuerzos por respirar.

–Claro que te sucede algo... ¿Qué pasa, Xander?

–Soy un estúpido –dijo Xander, con los labios tan blancos como sus nudillos–. No me había dado cuenta de por dónde estaba conduciendo...

Layna temió que fuera a desmayarse.

–Aparca ahí mismo –dijo a la vez que señalaba un lateral de la carretera–. Hay un acceso a la playa.

Xander asintió lentamente e hizo lo que le decía. Tras apagar el motor del coche permaneció sentado frente al volante, respirando pesadamente.

–¿Qué sucede? –insistió Laya.

Sin decir nada, Xander se quitó el cinturón de seguridad, salió del coche y comenzó a bajar las escaleras que llevaban a la playa.

Layna se quedó mirándolo, preguntándose qué podía dolerle tanto como para no ser capaz de hablar de ello. Estaba segura de que era algo relacionado con la visita que había hecho a su padre en el hospital. Salió rápidamente del coche y lo siguió escaleras abajo.

Xander se encaminaba directamente hacia el agua. Layna se quitó los zapatos de dos patadas y corrió por la arena hacia él. Recordaba haberle dicho cuánto había deseado hacer aquello en otra época, desaparecer bajo las olas para no volver a salir nunca más.

Unos momentos después, la cabeza de Xander desapareció bajo el agua y Layna dejó de verlo.

Capítulo 11

XANDER! –gritó Layna mientras lo seguía.
Las olas golpeaban con fuerza contra su pecho,
permitiéndole apenas avanzar.

–¡Xander! –volvió a gritar justo antes de que una ola
pasara por encima de su cabeza.

Xander reapareció en aquel momento y el movimiento del agua lo empujó hacia ella.

–¿Quieres ahogarte o qué? –preguntó Layna con una
mezcla de susto y enfado.

–No –murmuró él–. No es eso... Pero he sentido que
tenía las manos llenas de sangre y quería limpiármelas...

Layna lo tomó de las manos para mirárselas.

–Yo no veo ninguna sangre.

–Pero está ahí.

–No entiendo. Explícamelo.

–No podía seguir adelante. Lo siento.

–No te disculpes. Explícate. Explícamelo todo. Ocultas dentro un dolor que te hace huir cada vez que te alcanza y quiero saber de qué se trata.

–Para llegar a la playa a la que quería llevarte íbamos a pasar por el lugar del accidente, y cuando me he dado cuenta... lo he recordado todo...

–Oh... no, Xander. Lo siento

–Estoy seguro de que es horroroso ver morir a alguien –dijo Xander con un estremecimiento–, aunque sea un desconocido. Pero ver morir a tu propia madre, ver cómo va perdiendo el color mientras se desangra... no hay nada más horrible. No pude hacer nada excepto permanecer a su lado hasta que llegó ayuda, y entonces ya era demasiado tarde. Pero no lograron separarme de ella. Lo último que había escuchado mi madre habían sido mis gritos de enfado. Aquello fue lo último que escuchó en este mundo. A mí gritándole, maldiciéndola. Estaba muy enfadado con ella, Layna.

–¿Por qué?

–Eso da igual, porque lo que pasó ya no va a cambiar. Nunca podré arreglar las cosas, nunca podré disculparme, nunca podré volver atrás y decidir no enfadarme, decidir aparcar a un lado en lugar de seguir conduciendo para decirle a mi madre que, por muy disgustado que estuviera, lo superaría y todo volvería a ir bien...

–Será mejor que salgamos del agua –dijo Layna al ver que Xander volvía a estremecerse. Lo tomó de la mano y lo condujo hasta la orilla–. Siéntate un momento y espérame.

Layna volvió rápidamente al coche, sacó un par de mantas y la cesta de picnic del maletero y bajó de nuevo hasta donde Xander la aguardaba sentado.

–Así –dijo tras echarle una de las mantas sobre los hombros–. Y también he traído algo de comer –añadió a la vez que alzaba la cesta.

–Me temo que no voy a poder comer.

–En ese caso, siempre podemos hablar.

–Puede que eso sea buena idea y, si no recuerdo mal de los años de mi juventud –dijo Xander a la vez que miraba hacia un lado–, aquí cerca hay una cueva que podría servirnos para protegernos del viento y para evitar que alguien se encuentre con el heredero al trono de

Kyonos temblando y a punto de sufrir un colapso mental.

—No parece mala idea.

Xander se levantó y, con la manta echada sobre los hombros, se alejó en dirección a un recodo de la playa. Layna lo siguió. Unos momentos después se detenían ante la entrada de una pequeña gruta de piedra que se hallaba a los pies de la montaña.

—Este lugar parece demasiado perfecto, Xander —dijo Layna mientras entraba y miraba a su alrededor—. ¿A cuántas mujeres has seducido aquí? —preguntó con una traviesa sonrisa.

—Cuando venía a jugar aquí aún era un niño, no un adolescente en pleno ataque hormonal.

—Nunca supe si antes de comprometerte conmigo habías salido con muchas chicas.

Xander permaneció un momento en silencio.

—Más que salir con chicas me aproveché de las mujeres a las que les gustaba la idea de montárselo con un príncipe.

—Ya.

—Algo que sospecho que no te pasaba a ti.

Layna se alegró de que la penumbra reinante ocultara su rubor.

—Procedo de una familia de políticos y mi madre me aleccionó muy bien sobre lo que hacía falta para conseguir un buen marido. La pureza, o al menos la ilusión de la pureza, es muy importante. A los príncipes no suele gustarles enterarse a través de la prensa de la alocada juventud de su futura esposa.

Xander rio.

—De manera que fui expertamente cazado, ¿no?

—Ambos sabíamos lo que iba a suponer nuestro matrimonio. Pero es cierto que me esforcé en proyectar la imagen conveniente para la familia Drakos. Traté de volverme «adecuada».

–Hiciste demasiado por mí. No lo merecía.

–No lo hice por ti –dijo Layna–. Lo hice por mí. No sabes hasta qué punto podía ser superficial.

–Eras demasiado bonita como para que me importara.

–Sí, y cuando la vida se llevó eso por delante tuve que trabajar duro para desarrollar mi carácter. Fue un áspero despertar, y me resistí todo lo que pude.

–Yo aún me estoy resistiendo –Xander apoyó una mano en la rocosa pared de la cueva–. Apenas recuerdo esa época. Los primeros años estuve tan colocado que apenas recordaba el motivo de mi marcha de Kyonos. Utilicé el sexo y las drogas como medio para tratar de olvidar, pero al final la caída resulta aún más dura...

–¿Cuándo lo dejaste?

–¿Las drogas? Hace años. En cuanto al alcohol y las mujeres, solo hace unas semanas. Han sido mis muletas favoritas durante años.

–Es curioso –dijo Layna, pensativa–. Yo he estado en un convento y tú en un casino, pero al final del día ambos hacíamos lo mismo.

–Puede que tengas razón.

–Siento lo que sucedió. Y siento haber estado tan enfadada contigo. Nunca me paré a pensar en lo que pudieras haber sentido tú. Mi propia tragedia ensombreció la tuya en mi mente.

–No te culpo por eso, Layna. Tuviste que pasar por un auténtico infierno.

–Ambos tuvimos que hacerlo.

–Cuando te besé hace unos días... solo quería perderme, olvidar quién era, dónde estaba, olvidar que esa era mi vida, que mi padre, con el que no he hablado en años, estaba inconsciente, que se estaba muriendo. Una persona más con la que nunca iba a poder reconciliarme. Cuando te beso me cuesta pensar en las cosas malas porque... porque te deseo.

–¿Tan bien funciona besarme?

–Sí.

–¿A la Princesa Zombi?

Xander hizo un gesto de desagrado con la mano.

–No tengo tiempo para esa gentuza. Ellos no saben lo que es besar tus labios, sentir tus curvas bajo mis manos. No saben nada.

Layna volvió a ruborizarse en la penumbra.

–A mí también me cuesta pensar cuando me besas. Creía que podía vivir sin estar con un hombre porque no quería enfrentarme al hecho de que podía ser rechazada por mi aspecto, ni al hecho de que si alguno llegara a querer estar conmigo sería por pena. Pero cuando me besas me preocupa menos lo que sientes tú porque estoy centrada en lo que siento yo.

–¿Hago que te vuelvas egoísta? –preguntó Xander a la vez que daba un paso hacia ella.

–Sí. Por eso. Por lo que puedes darme. Nunca he sido besada por ningún otro. Y la verdad es que, a pesar de mí misma, siempre lamenté que aquella noche nos interrumpieran en el jardín.

–Yo también. Traté de no pensar en ti después de marcharme, pero yo también lamenté que aquel momento se frustrara. Si mi vida no hubiera cambiado tan radicalmente, tú habrías sido mi futuro, y esa perspectiva siempre me pareció satisfactoria. Puede que ese fuera el motivo por el que te busqué al regresar. Supongo que esperaba que aún no fuera demasiado tarde para recuperar algo de aquello.

–Y mira lo que te has encontrado...

Xander alzó una mano y acarició la mejilla de Layna, un gesto del que ella sabía que nunca se cansaría.

–Pero los sentimientos son los mismos. Es asombroso lo que hemos cambiado ambos para acabar en el mismo punto –Xander apoyó la mano que tenía libre en la otra mejilla de Layna y se inclinó para besarla larga y profundamente–. Te deseo y te necesito tanto como siempre. Creo que aún más...

Layna lo miró a los ojos, cuya expresión seguía siendo sombría, angustiada.

–¿Me necesitas? ¿Me necesitas para olvidar?

Porque ella sí lo necesitaba a él. Se sentía herida, dolida, por sí misma, por él, por todo lo que habían perdido, por los años de dolor...

–Sí –contestó Xander con voz ronca–. Por favor...

Layna lo besó entonces. Deslizó lentamente la punta de la lengua por sus labios, pidiéndole permiso para entrar. Xander se lo concedió con un gruñido a la vez que la rodeaba por la cintura con los brazos y la atraía hacia sí.

Layna sabía que aún era un poco patosa en aquellos asuntos, pero a Xander no parecía importarle, algo que le dejó bien claro al presionar su dura erección contra ella con una especie de desesperación que parecía emanar de su cuerpo en oleadas.

Xander se quitó la manta de los hombros y la extendió sobre el arenoso suelo de la cueva.

–Nunca había seducido a una mujer aquí. Sé que ya te lo he dicho, pero puede que mi forma de actuar te haga sospechar lo contrario.

–Un poco, pero en realidad me da igual –dijo Layna a la vez que parpadeaba para alejar las lágrimas–. Llevo fría demasiado tiempo.

–Porque te has mojado demasiado en el mar.

Layna rio y negó con la cabeza.

–No, llevo fría por dentro demasiado tiempo, y siento que tú podrías darme el calor que necesito.

–Te mereces más que eso –murmuró Xander antes de volver a besarla–. Te mereces mucho más, pero no tengo la fuerza necesaria para dártelo porque lo único que puedo hacer ahora es tomarlo para mí.

Su desesperación alimentó la de Layna. La necesidad que emanaba de su voz fue como un bálsamo para las heridas de su corazón. Era posible que fuera la Princesa Zombi pero, en aquellos momentos, aquel precioso y dolido príncipe la deseaba.

Ambos estaban rotos y recorrían renqueantes su camino por la vida. Pero si se apoyaban el uno en el otro tal vez podrían encontrar las fuerzas para seguir adelante.

Layna experimentó una oleada de sensaciones cuando Xander deslizó una mano por su espalda. ¿Cuánto tiempo hacía que no se centraba en su cuerpo, en lo que sentía físicamente?

Se había entrenado para negar el deseo físico, para negarse cualquier capricho, pero en aquellos momentos Xander estaba haciendo que le resultara imposible pensar en otra cosa que en lo que sentía, en lo que deseaba. Xander estaba despertando en ella una necesidad que no podía quedarse sin respuesta.

Instintivamente, mientras él deslizaba las manos bajo su blusa, Layna tiró de su camisa para sacarla de los pantalones e introdujo una mano en su interior. Estaba tan caliente, tan duro, era tan diferente a ella...

En otras circunstancias, Layna se habría quedado conmocionada por su propio atrevimiento. Pero no en aquel momento, estando abrazada a Xander en aquella penumbra, en aquel lugar que casi parecía irreal, no mientras se estaban ayudando el uno al otro a olvidar el pasado y el futuro a base de colmar el presente de deseo.

Xander movió los labios desde la boca de Layna hacia su cuello, donde la mordisqueó con delicadeza antes de deslizar la lengua por su piel. Perdida en las sensaciones que le producían aquellas increíbles caricias, Layna apenas notó que Xander le había tomado un pecho con la mano hasta que sintió cómo le acariciaba con el pulgar el pezón a través de la fina y húmeda tela de su blusa.

Un ronco gemido escapó de la garganta de Xander a la vez que la empujaba hacia atrás para apoyarla contra la pared de la cueva. Introdujo un muslo entre sus piernas y aprovechó la posición para hacer que su erección entrara en contacto con la parte más íntima del cuerpo de Layna.

A pesar de la ropa que aún se interponía entre ellos, Layna sintió el contacto con una fuerza devastadoramente erótica, profundamente liberadora.

Le había dicho a Xander que era una mujer y que lo había sido mucho antes de que él reapareciera en su vida, y era cierto. Pero también era cierto que había reprimido durante mucho tiempo una gran parte de lo que suponía ser una mujer, y solo en aquellos momentos, con los labios de Xander en su piel, con sus manos acariciándole el cuerpo, con su duro miembro apoyado contra la suavidad de su sexo, comprendió hasta qué punto había sido así.

La roca a sus espaldas, el hombre que tenía delante, el sonido de las olas en el exterior de la cueva... todo se fundía en una intensa sensualidad cercana a la perfección.

Cuando Xander dejó de acariciarla un momento para tumbarla sobre la manta y la cubrió con su cuerpo,

Layna cimbreó las caderas buscando la promesa de liberación que palpitaba anhelante en su interior.

Xander le subió el vestido, tiró de sus braguitas hacia abajo, deslizó una mano entre sus muslos y buscó el sensible centro de su deseo. Layna no tuvo tiempo de sentirse conmocionada o avergonzada, no tuvo tiempo de nada excepto de disfrutar del placer que tan bien sabía dar Xander.

—Me deseas —dijo él en un tono casi salvaje, apenas inteligible.

—Sí —contestó ella mientras lo besaba en el cuello—. Sí.

La desconocida y maravillosa sensación que experimentó cuando Xander introdujo un dedo en su interior la llevó al borde del orgasmo.

—Eres virgen, ¿verdad? —preguntó él con voz ronca.

—Sí... sí... —repitió Layna extasiada mientras Xander volvía a acariciarle el clítoris con el pulgar.

—¿Y estás segura de que esto es lo que quieres?

—Lo necesito. Te necesito... te necesito así...

—No va a ser muy romántico —dijo Xander a la vez que se desabrochaba los pantalones para liberar su miembro—. Y probablemente va a ser rápido.

—¿Estás tratando de convencerme para que lo deje?

—Sí, porque, si me queda algún resquicio de alma, seguro que va a quedar maldita después de esto.

Layna negó con la cabeza.

—No. Claro que no. ¿Cómo iba a ser eso posible si siento que si no te tengo ahora mismo voy a morirme?

Xander la besó con delicadeza en los labios, algo que supuso un intenso contraste con la ferocidad del momento.

—Eso demuestra que tengo razón. Trataré de no hacerte daño.

Tanteó con su miembro la entrada del sexo de Layna, que se tensó un instante cuando empezó a penetrarla. Pero cuanto más profundamente entraba en ella, más se fue relajando.

Xander deslizó una mano bajo su redondo y firme trasero y la alzó para penetrarla del todo. Un áspero y gutural sonido escapó de entre sus labios junto con una maldición que sonó más a ruego que a otra cosa.

Tras tirar del vestido más arriba para dejar expuestos los pechos de Layna, se inclinó y tomó un pezón entre sus labios a la vez que empezaba a moverse dentro de ella.

Layna sintió que era totalmente natural tenerlo así y adaptó sus movimientos a los de él en busca de un ritmo común. Mientras un intenso y desconocido placer se iba adueñando de ella, rodeó a Xander por las caderas con las piernas y se arqueó contra él a la vez que clavaba las uñas en sus hombros.

Xander bajó la cabeza y sus movimientos se volvieron más y más rápidos y duros. Con cada empujón alentaba el fuego que estaba derritiendo el cuerpo de Layna, amenazando con consumirla, con llevarla a un lugar que jamás había creído posible.

Entonces Xander dejó escapar un ronco gemido y le mordió en un hombro a la vez que se quedaba paralizado un instante antes de estremecerse y derramar su cálida semilla en el interior de Layna. El dolor acentuó el intenso placer que estaba experimentando Layna, que, conmocionada, se dejó llevar por aquellas cegadoras y bellísimas sensaciones.

Y cuando las llamas amainaron, solo quedó el sonido de sus agitadas respiraciones resonando contra las paredes de la cueva.

Cuando la intensidad de sus sensaciones comenzó a

remitir, Layna experimentó un frío estremecimiento al hacerse consciente de que estaba en el suelo, casi al aire libre, y con Xander sobre ella.

Aún llevaba puesto el vestido y Xander solo se había bajado los pantalones hasta las rodillas. Y ella le había permitido, y no solo le había permitido, sino que le había rogado que la tomara así. Sin estar casados. Sin apenas conocerse. Sin amor.

Xander se puso en pie y se subió los pantalones con toda naturalidad. Aquel gesto habló de su experiencia... de la experiencia que había obtenido con otras mujeres.

Layna sintió que la rabia comenzaba a acumularse en la boca de su estómago, una rabia que no tenía derecho a sentir porque estaba al tanto del pasado de Xander, de su experiencia con las mujeres, y lo único que había hecho ella había sido beneficiarse de aquella experiencia. Y había sido... asombroso. Al menos físicamente.

Pero emocionalmente se sentía vacía. Aquella era la clase de vacío que había mencionado Xander. Acababan de estar lo más íntimamente unidos que podían llegar a estar dos personas y se sentía sola. Más sola de lo que se había sentido en mucho tiempo. Aquello no tenía sentido.

Sexo sin amor.

Eso había sido. Mera lujuria. Una lujuria vacía, que no significaba nada, aunque en el momento en que había sucedido había parecido necesaria.

–No quiero hablar de lo que acaba de suceder –dijo mientras se sentaba y trataba de colocarse la ropa.

–¿Por qué? –preguntó Xander con extrañeza mientras se abrochaba el cinturón.

–Porque no tendría sentido hacerlo. No quiero... no quiero.

–¿Lamentas lo que ha sucedido?

–No lo entiendo.

–¿Qué es lo que no entiendes? Nos deseamos y hemos reaccionado en consecuencia.

–¿No te acabo de decir que no quiero hablar de ello?

–¿Quieres esconderte de la realidad?

–¿Y por qué no? –preguntó Layna, al borde de las lágrimas–. Es lo que mejor se nos da. Ocultarnos de nuestro dolor y de todo el mundo que pueda dañarnos o pedir algo de nosotros.

–Eso lo resume, desde luego –dijo Xander con dureza–. Y este es mi mejor método de huida. Al menos deberías reconocer que es mucho más excitante que esconderse en un convento.

–Es «más» algo, desde luego, pero aún no he decidido si me gusta o no.

Xander tomó a Layna del brazo para ayudarla a levantarse y la besó con dureza en los labios.

–Te ha gustado.

–¿Estás seguro? –preguntó ella en el tono más monótono que pudo.

–Has tenido un intenso orgasmo, nena; eso no me lo puedes ocultar. He podido sentirlo.

Layna sintió que se le acaloraba el rostro.

–No digas eso.

–¿Por qué? ¿Quieres simular que tan solo eres una «buena» chica? Ambos sabemos que no es así.

–Nunca me ha preocupado ser «buena». Solo me he preocupado de esconderme. Si hubiera necesitado ser buena, no habría perdido mi virginidad en el suelo de una cueva.

–En ese caso, puede que nuestro matrimonio sea un éxito, *agape*, porque si a ninguno de los dos nos preocupa ser «buenos», podremos pasárnoslo realmente bien.

–Te refieres a pasarlo bien... ¿de esta manera?

–Sí, me refiero exactamente a eso –Xander pasó un brazo por la cintura de Layna y la atrajo hacia sí para besarla–. Y no te hagas la doncella dolida conmigo. No te va.

–¿Qué? ¿Acaso mis heridas no son lo suficientemente convincentes para ti?

–¿Qué diablos te pasa? –preguntó Xander a la vez que la soltaba–. Supéralo de una vez. Espero disfrutar del sexo en mi matrimonio y, ya que no me vas a dejar tenerlo con ninguna otra, pienso asegurarme de tenerlo contigo. A diferencia de lo que te pasa a ti, mi estilo no es el celibato.

–Eres... Eres...

–¿Sexy?

–Tu ego es...

–Lo sé, lo sé. Pero no necesito mi ego para eso. Sé cuánto has disfrutado, así que mejor nos saltamos esa parte.

Layna apretó los dientes.

–Creo recordar que he sido yo la que lo ha sugerido.

–En ese caso, seguiremos con ello.

Layna se vistió cuidándose de no mirar a Xander mientras lo hacía. Luego salió de la cueva. Fue extraño volver a encontrar el mundo exterior tal como lo había dejado después de cómo acababa de trastocarse el suyo.

–Si sirve de algo que lo diga, me siento mejor –dijo Xander tras ella.

–Creo que ese comentario podría resultar un poco ofensivo.

–No lo es, porque normalmente no suelo sentirme mejor después. Y eso que después hemos discutido. Creo que incluso eso me ha gustado.

–¿Por qué? –preguntó Layna, incrédula.

–Porque hemos hablado. Y no quiero dejarlo en una pelea, porque a veces no se tiene opción de reparar las cosas cuando todo ha acabado.

–Supongo que eso es cierto.

–En ese caso, ¿podemos declarar una tregua?

Layna no sabía cómo se sentía respecto a la idea de declarar una tregua con el hombre con el que acababa de tener sexo. De hecho, no sabía cómo se sentía.

Xander extendió una mano hacia ella.

–¿Una tregua? –repitió Layna, aturdida.

–Es mejor que pelear, ¿no te parece?

Layna estrechó lentamente la mano de Xander. Aquello parecía una tontería, pero al menos le dio tiempo de recomponer un poco sus defensas.

–Bien –Xander asintió a la vez que la soltaba–. Y ahora, vámonos. Creo que ambos estaremos de acuerdo en que ya hemos pasado el día en la playa y en que no necesitamos ir más allá.

No necesitaba pasar por el lugar del accidente. No necesitaba enfrentarse a lo que acababa de pasar entre ellos. No necesitaba hablar de por qué se sentía tan sucio, de por qué había necesitado sumergirse en el océano para lavarse.

–Sí –dijo Layna–. Creo que estoy lista para regresar.

Xander sonrió, consciente de que Layna sabía muy bien lo que estaban haciendo ambos.

Esconderse.

–Excelente.

Capítulo 12

XANDER no lograba ponerse bien la corbata. ¿Y a quién le importaba? Odiaba todo aquello. Odiaba tener que vestirse de etiqueta porque Stavros había invitado a comer a varios dirigentes y dignatarios que en aquellos momentos le daban completamente igual.

Lo que de verdad le preocupaba eran sus sentimientos por su prometida. O, más bien, cómo se había sentido su prometida cuando la había tenido desnuda bajo su cuerpo. Estar con ella el día anterior había sido toda una revelación. Masculló una maldición y arrojó la corbata a la cama.

La experiencia con Layna había sido... Xander no tenía palabras para definir el destello de claridad y perfecto olvido que había experimentado estando dentro de ella.

Siempre había sabido que el sexo tenía el poder de borrar las preocupaciones de su mente, el poder de hacerle sentir, de hacerle ver con perspectiva el vacío de su vida cuando el orgasmo amainaba.

Pero con Layna había sido diferente. Estando con ella no se había sentido solo. Tal vez se debía a que ambos eran muy parecidos, aunque sabía que ella nunca habría estado dispuesta a admitirlo.

Bajó la mirada hacia la corbata y frunció el ceño. Luego la recogió de la cama. Podía llamar a un em-

pleado del servicio para pedirle que lo ayudara a ponér-
sela, pero odiaba aquellas tonterías.

Sin pensárselo dos veces, salió del dormitorio y
avanzó con paso firme por el pasillo. Al servicio se le
daba muy bien ignorar bien sus variables estados de humor, pero, entre otras cosas, para eso cobraban su sueldo.

Abrió la puerta del dormitorio de Layna sin llamar,
esperando encontrarla dentro. Y la encontró.

–Necesito ayuda –dijo con severidad.

Layna frunció el ceño desde su posición en la cama.

–Tienes la mala costumbre de entrar en mi cuarto
sin llamar.

–¿Desde cuando necesita un prometido permiso
para entrar en el cuarto de su prometida? Además, ya
he visto todo tu cuerpo desnudo, así que no te hagas la
remilgada.

–Que hayas visto mi cuerpo una vez no quiere decir
que puedas verlo cuando quieras.

–Claro que sí –Xander ocupó una silla junto a la
cama–. Voy a ser el rey y pienso ver lo que quiera cuando
quiera.

Layna arqueó las cejas.

–¿Qué ha provocado esta regresión? ¿Volver al hogar en que pasaste tu infancia? ¿O es que siempre te has
comportado como un niño caprichoso?

–Necesito ayuda para ponerme la corbata –gruñó
Xander.

–¿Y por qué no has pedido ayuda a alguien del servicio?

–¿Y qué sentido tiene entonces una esposa si no
quiere que la vea desnuda y no está dispuesta a hacerme el nudo de la corbata?

–No estoy segura. Puede que haya llegado el momento de que te replantees tu proposición.

–No pienso hacerlo –Xander se levantó y avanzó hacia Layna con la corbata en la mano–. Arréglame esto.

–No olvides que aún no eres mi marido.

–Pero ya te he hecho mía en lo que cuenta.

–Desde luego –replicó Layna en tono gélido.

–¿No estás de acuerdo?

–¿Todas las mujeres con las que te has acostado te pertenecen? Si es así, tendremos que habilitar un ala del palacio para dedicarla al harén real.

Xander se apartó de Layna y empezó a ocuparse personalmente de ponerse la corbata.

–Tienes que cambiarte para la comida.

–Veo que hemos cambiado de tema.

–Desde luego.

–¿Eres siempre así de horrible después de mantener relaciones sexuales?

–No, pero sí lo soy cuando tengo que ponerme una corbata y participar en una comida de estado a la que no tengo ningún deseo de asistir.

–Sospecho que vas a tener que enfrentarte a menudo a ese problema.

Xander volvió a sentarse con un suspiro.

–Tengo que superarlo, ¿no?

–¿Qué tienes que superar?

–El hecho de que no me guste ni quiera nada de esto. El hecho de que ya no sé cómo hacerlo.

–¿Cómo es posible que hayas olvidado hasta ese punto aquello para lo que fuiste educado, para lo que naciste?

Xander pensó que aquel podía ser un momento idóneo para contar la verdad.

–Porque no nací para eso –contestó antes de darse tiempo a recapacitar.

–¿Qué quieres decir?

–Hace tiempo que averigüé que en realidad no había nacido con ese derecho. No pertenezco a la realeza, Layna. No soy hijo del rey.

–¿Qué? –preguntó Layna, completamente desconcertada.

–Ese era el motivo de la discusión que estaba teniendo con mi madre cuando sufrimos el accidente. Aquel día me confesó que yo no era hijo de mi padre, sino de su guardaespaldas. Pero cuando se enteró de que estaba embarazada decidió seguir adelante y casarse con mi padre, algo para lo que también ella había sido preparada desde pequeña. Supongo que, después de la luna de miel, el rey no tuvo ningún problema en asumir que el hijo era suyo.

–Y... ¿por qué te lo contó? –preguntó Layna, aturdida.

–Empezó a volverse paranoica con los avances de la tecnología y temió que mi ADN se pudiera volver en mi contra algún día. Me previno para que no permitiera que me hicieran ninguna clase de análisis de sangre. Ni a mí ni a los hijos que fuera a tener contigo. Creo que su sentimiento de culpabilidad empezó a hacerle ver fantasmas, pero también es cierto que en aquellos momentos estaban empezando los problemas económicos del país y la inquietud política no hacía más que aumentar.

–Pero Stavros podría haber heredado la corona...

–Mi madre no amaba a mi padre cuando se casaron, pero acabó enamorándose de él, y no quiso darle aquel disgusto. Además, para ella yo era su primer hijo y merecía el honor de ser rey. A veces pienso que yo era su hijo favorito debido a que mi verdadero padre había sido su primer amor, y a que se había tomado muchas molestias en protegerme y asegurarse de que fuera el heredero.

Xander se encogió de hombros y bajó la mirada antes de continuar.

—He tenido quince años para pensar en todo ello, en lo que significaba, en cuáles eran mis responsabilidades reales. A pesar de los esfuerzos de mi madre, sigo sin ser el auténtico heredero de la corona.

—¿Y por eso te fuiste?

—Por eso y porque me culpaba de la muerte de mi madre. Me enfadé tanto cuando me lo dijo... Me puse a gritar como un loco a la vez que pisaba el acelerador...

—Cometiste un error, pero no lo hiciste a propósito.

—No, pero hay errores que no tienen arreglo posible, y esos son los que más cuesta perdonarse.

—Háblame del día en que te fuiste —dijo Layna mientras se arrodillaba ante la silla que ocupaba Xander—. Cuéntame qué pasó.

—Mi padre me llamó a su despacho. Stavros ya estaba allí con él. Me dijo que me consideraba responsable de la muerte de su esposa, que le parecía imposible que fuera su hijo, porque él jamás se habría comportado de aquella manera. Yo no me sentí capaz de discutir nada de lo que dijo. Sabía que no era hijo suyo y que todo lo que estaba diciendo mi padre era verdad.

—¿Y Stavros?

Xander carraspeó antes de hablar. Odiaba que aquellos recuerdos ejercieran aún tanta influencia sobre él.

—Me miró y me dijo que siempre me consideraría responsable de la muerte de su madre. Y dijo literalmente «mi madre», como si ya hubiera dejado de ser la mía.

—Y entonces te quedaste sin nada —dijo Layna en un susurro.

—Perdí a toda mi familia de un plumazo. Y ya que sabía que en realidad no tenía derecho al trono, no vi motivo para quedarme.

Layna apoyó ambas manos en los muslos de Xander y lo besó con dulzura. Él pasó una mano tras su cabeza para retenerla contra sí. Necesitaba aquello. Necesitaba a Layna. La necesitaba tanto...

Le hizo echar atrás la cabeza para besarla en el cuello. Layna gimió, alentándolo. Xander desnudó sus dientes para rozarle con ellos la piel y disfrutó del áspero y sensual sonido que escapó de su garganta.

A Layna le gustaba aquello. Le gustaba él. Le gustaba estar a su merced. Algo que, lógicamente, lo ponía a él a la suya.

Sin soltarla, deslizó una mano hacia abajo para desabrocharse el cinturón y liberarse del confinamiento de sus pantalones. Layna abrió sus angelicales ojos de par en par a la vez que sus labios adoptaban la forma de una conmocionada O. Había algo en su rostro que excitaba terriblemente a Xander, aunque sabía que no debería ser así. Lo sabía.

—¿Sabes lo que quiero de ti? —preguntó con voz ronca.

Layna asintió lentamente a la vez que sus mejillas se teñían de rubor.

—Tómame en tu boca —murmuró Xander.

Guiada por su mano, Layna se inclinó y deslizó la punta de la lengua por el rígido miembro de Xander.

Pero no lo tomó en su boca. En lugar de ello, siguió lamiéndolo con la lengua. Y Xander no pudo hacer nada excepto permanecer sentado y permitirle hacer lo que quería. Unos enloquecedores momentos después, Layna se irguió un poco y lo tomo de lleno en su boca. Xander se echó hacia atrás en el asiento y tuvo que apretar los dientes para no perder el control.

Masculló una breve maldición que solo pareció servir para alentar a Layna. No era nada tímida. No parecía tener el más mínimo reparo en saborearlo, en acariciarlo, cambiando de ritmo, presionando la base de su miembro con la mano, empujándolo hacia el borde del orgasmo.

–Cuidado –gruñó Xander cuando Layna deslizó su lengua por la sensible piel que había justo debajo de la cabeza de su erección–. No quiero que acabe tan pronto.

La mirada que le dedicó Layna fue traviesa, juguetona, y le recordó a la Layna Xenakos que había sido en su adolescencia, segura de sí misma, descarada, coqueta...

Al ver que no tenía intención de parar, tiró con delicadeza de su pelo para hacerle erguir la cabeza.

–No. Quiero estar dentro de ti.

Layna se levantó de inmediato, alzó su vestido y se quitó rápidamente las braguitas. Aún sentado, Xander la rodeó con un brazo por su cintura y la atrajo hacia su regazo. Entonces la tomó por las caderas y la situó sobre su miembro, encontrándola húmeda y dispuesta. La dejó caer poco a poco y, cuando la hubo penetrado por completo, Layna echó hacia atrás la cabeza con un ronco gemido.

Xander no pudo resistir la tentación de mordisquearle el cuello.

–Mi vestido –susurró ella, jadeante.

Xander terminó de quitárselo por encima de la cabeza y lo arrojó al suelo. A continuación hizo lo mismo con el sujetador y dejó expuestos ante sí los generosos y firmes pechos de Layna. Incapaz de contenerse, se inclinó y tomó uno de sus rosados y erectos pezones en la boca.

Layna se arqueó hacia atrás y los músculos internos de sus muslos se tensaron en torno a Xander, que necesitó de toda su fuerza de voluntad para no irse en aquel instante. En lugar de ello, introdujo un dedo entre sus cuerpos y comenzó a acariciar el sexo de Layna. Necesitaba ver su rostro mientras alcanzaba el orgasmo.

Unos instantes después vio cómo entreabría los labios, cerraba los ojos y arrugaba la frente. También vio cómo se arrugaba la cicatriz que tenía en la comisura de sus labios y cómo una de sus cejas nunca llegaba a ponerse a la altura de la otra.

Era todo Layna. Ninguna otra podría haber creado aquel momento. Ninguna otra habría sido capaz de hacerle revelar su secreto más íntimo para luego elevarlo hasta el cielo en sus alas.

Cuando sintió cómo palpitaba en torno a él, su sangre se volvió lava y alcanzó un increíble orgasmo que le hizo sentirse liberado de todo su dolor, de sí mismo, de quién había sido...

Y cuando las sensaciones amainaron se encontró entre los brazos de Layna sin saber bien quién era ni por qué se había enfadado tanto hacía unos momentos por el asunto de la corbata.

–¿A qué hora es la comida? –preguntó Layna con voz adormecida.

–A las ocho.

–Así que aún tenemos cinco horas.

Xander asintió y, a pesar de que sentía las piernas como gelatina, fue capaz de levantarse sin soltar a Layna para llevarla hasta la cama y tumbarse junto a ella. Enterró el rostro en su pelo y dejó escapar un largo y profundo suspiro de satisfacción.

–Debería haber hecho esto la primera vez –murmuró.

–¿Qué?

–Permanecer tumbado a tu lado. Abrazarte. Eres tan suave... –Xander deslizó una mano por todas las curvas del cuerpo de Layna antes de seguir hablando–. Eres preciosa, Layna. Acabo de comprobarlo. La expresión de tu rostro cuando has alcanzado el clímax es lo más bello que he visto nunca.

–No tienes por qué decirme esa clase de cosas, Xander...

–Lo sé. Pero es cierto. La semana pasada me preguntaste si podía decir que eras bella y contesté que no. Pero estaba equivocado. Ahora lo sé muy bien.

–Una semana para alcanzar la sabiduría. Ojalá tuviera yo ese don.

–Mi sabiduría no sirve para todo, pero sí para reconocer lo mágico que es contemplar cómo te dejas llevar por el placer, para ver cómo cae la luz del sol sobre tu pelo y realza los tonos dorados que siempre me hacen recordar el pasado. Solo las buenas partes del pasado –añadió Xander con una sonrisa–. Y no entiendo cómo había podido pasar por alto lo increíble que es tu sonrisa. Porque, a pesar de lo cruel que ha sido contigo la vida, aún la conservas.

–Tú también.

–Sí, pero tu sonrisa es sincera.

–¿Y la tuya no?

–Yo me escondí tras mi sonrisa y traté de que pareciera que todo iba perfectamente para poder simular que sentía algo cuando en realidad no sentía nada. Lo único que tenía que hacer era no pensar nunca en el pasado y simular que todo iba bien en el presente.

–Entiendo a qué te refieres –dijo Layna con un leve asentimiento–. En mi caso, pensé que las cosas podrían ir bien mientras pudiera centrarme en otros asuntos.

–¿Y lo conseguiste?

–En gran parte sí. Lo cierto es que me gusta mucho ayudar a otros, y elegí una vida en la que la belleza externa solo era una trampa que podía llevar a la vanidad, al orgullo. Y como mi belleza externa ya no existía, no me costó mucho adaptarme –añadió Layna con un encogimiento de hombros–. Pero lo cierto es que acabé sintiéndome como apagada, frágil, crispada...

–Como si necesitaras que te regaran, ¿verdad? –dijo Xander–. Como si fueras a difuminarte en la nada si no surgía algo nuevo y diferente en tu vida.

–Así es.

–Yo me sentí igual. Nada de lo que hacía me parecía completamente real, nada era verdaderamente apasionado.

–Creo que por eso me gusta cómo eres conmigo –dijo Layna a la vez que alzaba un poco el rostro del hombro de Xander para mirarlo–. Me gusta que seas un poco... áspero. Sé que no a todo el mundo le sucede lo mismo, pero creo que yo he pasado tanto tiempo viviendo a medias que tú me llenas de sensaciones, de un placer y un dolor tan dulces que apenas puedo soportarlos. Pero al ser una sensación meramente física, me siento segura. ¿Tiene algún sentido para ti lo que estoy diciendo?

–Sí. Lo tiene –contestó Xander, aunque ignorando la incómoda opresión que sintió en los pulmones.

–¿No te escandalizo?

Xander rio abiertamente.

–¿Escandalizarme tú? ¡Pero si hasta ayer eras una virgen de treinta y tres años recién salida del convento!

–Durante años solo he podido contar con mis fantasías, pero en la cueva descubrí que me gusta un poco de dureza. Culpo al suelo y a la pared de la cueva.

–¿En serio?

–Y a ti. Creo que me estás corrompiendo.

–Me temo que eso es cierto.

–Pero me alegro de ello –dijo Layna mientras se pegaba al cuerpo de Xander–. Así que, ¿qué piensas hacer?

–¿Sobre qué?

–Sobre el hecho de que no eres el heredero.

–Había decidido no serlo, pero las circunstancias de Stavros y de Eva me han impulsado a cambiar de idea.

–Lo comprendo –dijo Layna.

–Pero no te parece bien, ¿verdad?

–No es que no me parezca bien, pero tal vez deberías contarle la verdad a tu padre, a tu familia...

Xander se tensó al escuchar aquello.

–No puedo hacer eso.

–¿Por qué no? ¿Porque perderías tu posición?

–No. Porque perdería... porque ya no tendría...

–Porque ya no tendrías una familia –concluyó Layna por él.

Xander agradeció que lo hubiera dicho ella en su lugar.

–Sé que es una tontería, sobre todo teniendo en cuenta que llevamos años sin hablarnos.

–Sí, pero siempre han estado ahí. Lo entiendo. Mi familia también ha estado siempre ahí, aunque apenas nos hablamos. Así son más fáciles las cosas para todos. Supongo que eso lo entiendes.

–Lo entiendo.

–¿Por qué no dormimos ahora un rato? –dijo Layna con un bostezo–. Puede que luego se me de mejor lo de ponerte la corbata, e incluso que lleguemos a tiempo a la comida.

Capítulo 13

FINALMENTE llegaron al comedor con tan solo diez minutos de retraso y, con una naturalidad que pareció prácticamente coreografiada, cada uno ocupó un extremo de la magnífica mesa que se hallaba en el centro del elegante comedor, a la que, además de los dirigentes y políticos de varios países vecinos, se hallaban sentados Stavros, Jessica, Eva y Mak.

Layna no había tenido tiempo de maquillarse adecuadamente para ocultar sus cicatrices, lo que implicaba que había acudido a la comida con un aspecto mucho más natural del que pretendía.

Pero a Xander no pareció importarle en lo más mínimo.

Y había dicho que la consideraba bella.

Algo había renacido en el interior de Layna al escuchar aquello, como si hubiera sido una flor que hubiera encontrado de pronto la luz del sol tras haber pasado mucho tiempo en la oscuridad. No entendía bien cómo habían sucedido las cosas, toda aquella carnalidad, aquella desnudez... y no solo en la cama. También se habían desnudado hablando, siendo verdaderamente sinceros el uno con el otro.

–En ausencia de mi padre, yo actuaré de anfitrión –anunció Xander a todos los presentes antes de sentarse.

–¿Y cómo está el rey? –preguntó el político que se hallaba sentado a su derecha.

–Tan bien como cabe esperar. Contamos con que no tarde en recuperarse.

–No creo que podamos tener muchas esperanzas –dijo Eva en tono sombrío.

–Tampoco tenemos por qué esperar lo peor, Eva –contestó Xander con delicadeza–. Podemos prepararnos para ello, pero también debemos conservar la esperanza de que las cosas acaben saliendo bien.

Eva sonrió.

–Esa idea me gusta más que la mía. Tiendo a ser demasiado catastrofista.

–Creo que nuestra familia ya ha sufrido suficientes catástrofes, Eva –dijo Xander con delicadeza.

Layna miró a Stavros, que estaba mirando a su hermano con una expresión muy cercana a la aprobación. Aquello le produjo una peculiar emoción, algo que le hizo ver cuánto le preocupaba en realidad lo que le sucediera a Xander y a su familia. Le habría gustado acudir a su lado para tomarlo de la mano y manifestarle silenciosamente su apoyo, consciente después de lo que acababa de revelarle de lo difícil que era su situación.

La conversación no tardó en derivar hacia temas más convencionales. Nadie interrogó a Xander sobre los años que había pasado fuera del país, y nadie hizo preguntas incómodas sobre las cicatrices de Layna. Nadie la comparó con un zombi. En conjunto, la comida fue un éxito.

Cuando terminó, Stavros, Mak y Xander fueron a reunirse en el despacho de este. Sintiéndose algo avergonzada por el hecho de que Eva había vivido en el palacio hasta hacía dos años, Layna cumplió con su papel de anfitriona y condujo a sus invitadas a un pequeño salón contiguo al comedor, donde les sirvieron el café.

–Xander lo está haciendo bien –dijo Jessica una vez que las tres mujeres estuvieron cómodamente sentadas en los sillones que rodeaban la chimenea del salón.

Eva sonrió con la expresión de adoración que solo una hermana pequeña era capaz de manifestar por un hermano mayor.

–Es brillante.

–¿Y vosotras estáis satisfechas? –preguntó Layna–. Me refiero a cómo están yendo las cosas. A fin de cuentas, Jessica, cuando te casaste con Stavros lo hiciste pensando que iba a gobernar el país. Que tú serías...

Jessica se movió en su asiento y frunció los labios.

–La verdad es que ninguno de los dos queríamos asumir esa responsabilidad. Stavros lo habría hecho, porque cree firmemente que cada uno debe cumplir con su deber, pero lo cierto es que le encantan sus negocios, y a mí me sucede lo mismo con los míos. Además, no me habría gustado nada que Lucy y Ella se hubieran criado con las restricciones que habría implicado ser las hijas de los reyes de Kyonos sin tener la esperanza de llegar a ocupar nunca el trono. Debido a su sangre «plebeya» siempre habrían sido consideradas unas segundonas, y eso no me habría gustado nada –Jessica sonrió animadamente–. De manera que me alegro de haberme librado de todo eso.

–No había pensado en eso –dijo Layna a la vez que asentía–, pero lo cierto es que no habría envidiado la posición de tus hijas. ¿Y tú, Eva? –añadió a la vez que se volvía hacia la hermana de Xander–. ¿Qué me dices de tus hijos? ¿Querrías esto para ellos?

Eva negó firmemente con la cabeza.

–Nunca he seguido el camino que se esperaba de mi, y creo que a mis hijos les pasaría lo mismo.

–Y Eva se aburriría mortalmente con la vida de palacio –dijo Jessica–. No me extraña que no quisiera casarse con un príncipe.

Eva sonrió.

–Puede que me gustara más lo que tenía que ofrecer el guardaespaldas.

Jessica guiñó un ojo a la vez que cruzaba sus elegantes piernas.

–Eso está claro, cariño. Seguro que no tienes esa barriga por haber comido semillas de melón –dijo con una risotada.

Eva bufó.

–Pero que norteamericana eres...

Layna rio, divertida con la interacción de las dos mujeres que no tardarían en convertirse en familiares suyas. Y fue un alivio escucharles decir que no estaban interesadas en el trono.

–Eso es cierto. Soy totalmente norteamericana, otro motivo por el que no debería ser reina.

Aquello hizo aún más consciente a Layna de la precaria situación en que se encontraba Xander del motivo de su huida. Tenía que haber sido muy duro escuchar cómo su padre lo culpaba de la muerte de su madre, pero tenía que haber sido aún más duro saber que aquel hombre no era realmente su padre.

–¿Y qué me dices de ti, Layna? –preguntó Eva–. ¿Te encuentras cómoda en tu situación actual?

–Nada me ata a mi posición. Nada me obliga a estar aquí.

–Excepto tu relación con Xander, ¿no? –dijo Jessica.

–Xander y yo hemos llegado a un acuerdo basado en nuestro común deseo de ver cómo prospera el país. Esa ha sido siempre nuestra meta. Simplemente nos habíamos desviado del camino durante una temporada.

Al sentir que le cosquilleaba el cuello, Layna supo

que Xander estaba tras ella un instante antes de escuchar su voz.

–Disculpadme si interrumpo vuestra conversación, pero ya estoy listo para retirarme. ¿Vienes conmigo Layna?

Había algo extraño en su mirada, una expresión perdida, herida, que Layna captó a través de su cuidadosa fachada. En realidad siempre había sido capaz de ver a través de aquella fachada de Xander.

Pero habría preferido no ser capaz de hacerlo. Habría preferido seguir viendo a Xander como a un simple playboy más. Pero ahora podía ver todas sus heridas, ahora podía comprender que estaba tan marcado como ella. Y eso hacía que le costara verdaderos esfuerzos tener alzadas sus defensas.

Y lo cierto era que no quería tenerlas alzadas para él. No podía ni quería negarse a él.

–Por supuesto, Xander –dijo, y al volver la mirada hacia Eva y Jessica vio que estas le estaban mirando con las cejas alzadas y una pícara expresión en el rostro.

Habría querido decirles que no era lo que pensaban. Excepto que sí era lo que pensaban, y ella lo sabía. Xander la necesitaba y, si la necesitaba, sería su cuerpo lo que querría.

Y ella se lo daría.

Se levantó, tomó del brazo a Xander y, tras despedirse de Eva y Jessica, dejó que la condujera por los pasillos hasta su dormitorio.

–He hecho que una doncella trajera tus cosas –explicó Xander mientras entraban–. Me ha parecido que no tenía ningún sentido andarnos con disimulos.

–Estoy de acuerdo...

Layna estaba a punto de añadir que suponía que lo que quería era sexo, pero Xander se sentó en el borde de la cama con un pesado suspiro y permaneció unos instantes contemplando el suelo.

–Siento que no está bien que no les cuente la verdad –dijo finalmente.

¿Quería hablar? Aquello desconcertó a Layna. Porque no era aquello lo que ella quería. Hablar, desnudar sus almas, suponía un reto mucho más duro.

–Tal vez deberías pensar un poco en ello. Te sentirás mejor después del... –iba a decir «después del sexo», pero Xander volvió a interrumpirla.

–Stavros está mucho mejor preparado que yo para gobernar. Ha sido toda una lección de humildad escucharle hablando de economía. Yo tengo mis conocimientos sobre el tema, pero se ha molestado en examinar cómo funcionan las cosas a todos los niveles. Está claro que ya no es el niño que dejé en Kyonos cuando me fui. La verdad es que hace que me sienta como un estúpido. Yo ni siquiera tuve la decencia de buscarme un empleo en algún sitio cuando me fui. Me dediqué a jugarme mi dinero... –Xander volvió a suspirar–. Y Mak tiene una voluntad de hierro. Los hijos que tenga con Eva estarán bien preparados para ocupar el trono algún día.

–Pero no quieren saber nada del trono –dijo Layna con suavidad.

Xander asintió lentamente.

–Lo sé. Y yo me encuentro en una situación imposible, porque siento que tengo que convertirme en un hombre mejor para ocupar los zapatos de Stavros, y no sé cómo hacerlo.

Layna sintió que se le encogía el corazón. Aquello era demasiado. Xander le estaba haciendo sentir demasiado, y llevaba tanto tiempo protegiendo su corazón que cada nueva emoción era como un terremoto en su interior.

–No creo que eso sea algo que podamos resolver

esta noche. Tal vez podríamos... –iba a decir «tener sexo», pero en aquella ocasión Xander la interrumpió con un beso.

Y cuando la tomó en brazos y se la llevó a la cama, Layna sintió que sí podía concentrarse en eso, en las increíbles sensaciones que era capaz de despertar en su piel, no debajo de esta. La suavidad, la sensualidad, la aspereza, la dureza. Y dejó que aquellas sensaciones la colmaran hasta que no fue consciente de nada más, hasta el dolor de su corazón quedó ensombrecido por algo parecido a un dulce dolor y a un placer físico aún más dulce.

Y cuando todo acabó, no hablaron. Permanecieron abrazados hasta que se quedaron dormidos.

Lo último que pensó Layna antes de sumergirse en el mundo de los sueños fue que resultaba muy extraño no estar solo.

–Tengo que decírselo.

Layna apartó la mirada de su plato. Al ver la expresión de Xander experimentó una peculiar sensación de inquietud.

–¿Qué?

–Tengo que decirle la verdad.

Layna no necesitó preguntar a qué se refería, porque lo sabía. Sabía lo que Xander estaba pensando sin necesidad de que se lo dijera.

–¿Pero por qué tienes que decírselo?

–Porque es mi padre. O al menos cree serlo y, en lo que a mí se refiere, lo es. Además es el rey y tiene derecho a elegir a su sucesor contando con toda la información, contando con la verdad.

–No lo hagas, Xander, por favor. Si lo haces, el rey no tendrá más opción que...

–Siempre hay una opción, Layna, y eso es de lo que me he estado escondiendo todo este tiempo. Fue horrible perder a mi madre, pero no pude luchar contra el enfado de mi padre. No podía quedarme porque temía que la verdad saliera a la luz y entonces ya no habría modo de alegrar nada. Tengo que contarle todo a mi padre, para que me perdone, para poder tener mi propia vida. Para ser libre.

Layna experimentó un extraño temor al escuchar aquello.

–Si lo haces puede que te eche. Puede... que nunca llegues a ser rey. Ni siquiera serías un príncipe. Solo serías el bastardo real.

–Eso es lo que soy, aunque nadie lo sepa. Y no puedo seguir escondiéndome debido a una mentira. Porque esa es la clave. Para cambiar y reformarme, para ser un hombre que merezca la pena, debo dejar de ocultarme.

–Eso supondría tomar menos de lo que mereces a causa de un repentino ataque de mala conciencia –dijo Layna, conmocionada a causa de las palabras que estaban saliendo de su boca y la vehemencia con la que las estaba pronunciando.

–No puedo discutir contigo sobre esto.

–¿Por qué no?

–Porque no puedo cambiar de opinión.

–Estás huyendo –dijo Layna, asustada–. Estás huyendo de nuevo.

–No, Layna. Por fin he dejado de hacerlo –replicó Xander, que a continuación se levantó y salió de la habitación.

En aquella ocasión, su padre estaba despierto cuando fue a verlo.

—¿Xander?

—Supongo que aún no sabías que había vuelto.

El anciano rey Stephanos ajustó con esfuerzo su posición en la cama.

—¿Has vuelto? —repitió.

—Sí. Pero, aunque sé que no es el momento más adecuado para soltar bombazos...

—Desde mi punto de vista puede que ya no queden muchos más momentos. Me alegro de que estés aquí.

—Tienes mejor aspecto —dijo Xander.

—Sí. Al menos puedo volver a hablar. Sufrí un derrame cerebral.

—Lo sé.

—Dime lo que tengas que decirme y luego te diré yo lo que tengo que decirte.

Xander respiró profundamente.

—Es sobre mí. Y sobre mi madre.

El rey Stephanos cerró un momento los ojos y asintió.

—Sí, tenemos que hablar de eso.

—Hubo un motivo para el accidente. Estaba discutiendo con mamá y olvidé toda precaución debido al enfado...

—Xander...

—No. Necesito terminar. Fue culpa mía, pero no pude explicarte nada porque no podía decirte la verdad. Puede parecer cruel que te lo cuente ahora, y no lo haría si no lo considerara imprescindible para nuestra familia y para nuestro país. Aquel día averigüé que no era tu hijo. Mamá estaba segura de ello.

El rey Stephanos asintió lentamente.

—Lo sospechaba. Naciste muy pronto, pero fuiste un bebé muy saludable.

—¿Lo sospechabas?

—Sí. Pero no pensaba acusar a mi nueva esposa de

haberme sido infiel. El nuestro fue un matrimonio de conveniencia. Al menos al principio. Pero creo que con el tiempo llegamos a querernos mucho.

Xander asintió.

—Mamá te amaba.

—No hay motivo para condenarla por un pecado que ya tiene treinta y siete años.

—Me temo que yo no me sentí así entonces.

—Claro que no. No habrías podido.

—Entonces... ¿entiendes por qué tuve que irme?

—Tuviste que irte por mi culpa —contestó el rey en un tono cargado de pesar—. Estaba sufriendo y te dije cosas que no debería haberte dicho... No me comporté como un auténtico padre.

—Pero, a fin de cuentas, no eres mi padre.

El rey Stephanos frunció el ceño.

—Pasara lo que pasase, eres mi hijo, Xander. Dan igual las revelaciones, los años que hayan pasado, o las feas palabras que haya habido entre nosotros. Eres mi hijo.

Layna colgó el teléfono con mano temblorosa. No tenía idea de cómo había conseguido aquel periodista su teléfono en el palacio. No entendía por qué la había llamado para decirle que estaban escribiendo un artículo sobre ella, ni por qué había tenido que repetirle las horrendas cosas que estaban escribiendo. Le habían hecho fotos en el balcón del dormitorio de Xander, vestida con un fino camisón, sin maquillaje y con el pelo echado hacia atrás, de manera que se veían todas sus cicatrices. E iban a publicarlas.

«¿Te hace el amor a oscuras, Princesa Zombi?».

Aquel fue el momento en que colgó.

Odiaba todo aquello.

Odiaba el modo en que la estaban explotando, y no creía que aquello pudiera suponer ninguna ayuda para Xander.

Xander había dicho que la necesitaba, pero cuando volvieran a surgir los cotilleos sobre su horrible aspecto, sobre su matrimonio, ¿qué sentiría?

¿Qué pasaría cuando ya no la necesitara más? Pudiendo tener a cualquier mujer, ¿por qué iba a quererla a ella?

Y además Xander había ido a contárselo todo a su padre. Si su ataque de sinceridad le hacía perder el trono... Xander nunca la conservaría a su lado. Nunca.

Una angustiosa desesperación se apoderó de ella al pensar aquello.

Había sobrevivido una vez a perderlo, pero sabía que no volvería a sobrevivir una segunda vez.

Xander regresó al palacio eufórico. Se sentía más ligero, liberado. Sentía que volvía a respirar de verdad por primera vez en quince años. Y también sentía que podía vivir en aquel palacio, que podía asumir sus responsabilidades.

Porque su padre, el hombre que siempre lo reconocería como a un hijo, había dicho que él era el hombre que quería para el trono.

Era cierto que la verdad lo hacía a uno libre. Interesante. Se preguntó si a Layna le divertiría su epifanía.

Layna. Necesitaba ver a Layna.

Necesitaba a Layna para derribar las últimas barreras que pudiera haber entre ellos.

Acudió directamente al dormitorio para buscarla, pero no estaba allí.

La encontró en la habitación que estaba utilizando como despacho, sentada al escritorio, mirando al vacío. En cuanto la vio, todo pensamiento abandonó su mente. Olvidó por qué estaba allí. Lo olvidó todo.

Tan solo pudo contemplar sus ojos, sus altos pómulos, el pliegue de su boca en el que el tejido era más grueso a causa de las cicatrices, un pliegue que se evidenciaba cuando tensaba los labios, como estaba haciendo en aquellos momentos, sus asimétricas cejas, sus femeninas manos...

Era ella la que le había hecho cambiar, la que lo había ayudado a salir del pozo en el que se encontraba. Y la necesitaba. Necesitaba abrazarla, estar dentro de ella. Necesitaba afirmar lo que estaba sintiendo, dejar que marcara su cuerpo como había marcado su alma.

–Layna... –las palabras se evaporaron al instante de su lengua. No sabía qué decir. O cómo. Sabía flirtear, pero nada más. Nunca se había esforzado en mantener a una mujer a su lado más de dos noches. Pero tenía que intentarlo–. Te he echado de menos en mi vida desde que me fui.

–¿De qué estás hablando, Xander?

Xander rodeó el escritorio, tomó a Layna de la mano para hacerle levantarse y besó sus mejillas, la comisura de sus labios, la alargada marca de la cicatriz que tenía en la nariz.

–Llevo quince años vagando por el desierto –dijo a la vez que apoyaba su frente contra la de ella–. No he tenido hogar. No he tenido a nadie a quien pudiera llamar amigo. Y no me importaba porque no quería que nadie se acercara a mí. Y cuando regresé aquí, a la supuesta tierra prometida, no sentía nada, no me sentí como si estuviera en mi casa. Hasta que te vi.

–Xander, por favor, no hagas eso... no lo necesito.

–Pero yo necesito decírtelo.

–¿Cómo ha ido la visita a tu padre?

–No es de eso de lo que quiero hablar.

–Pero yo quiero saber qué ha pasado.

Layna trató de calmar los intensos latidos de su corazón, de reprimir el pánico que amenazaba con adueñarse de ella. No sabía qué hacer con lo que le estaba diciendo Xander, con su sinceridad, con su fuerza, capaz de desmoronar de un soplido sus defensas, de recordarle lo que había supuesto perderlo todo, perder todo su control, toda su belleza ante cientos de personas.

«¿Te hace el amor a oscuras, Princesa Zombi?».

Cerró los ojos y besó a Xander. No quería que le hablara más. Podía besarlo, hacer el amor con él, podían casarse, vivir juntos, tener hijos y reinar en Kyonos... al menos mientras pudiera mantener ocultos fragmentos de sí misma, para no quedarse de pronto sin nada si el mundo volvía a desmoronarse a su alrededor.

Debía impedir que Xander le dijera cosas como aquella. Podía permitirle tocar su piel, pero no podía permitir que siguiera tocando su corazón.

–Layna... –murmuró Xander antes de darle un beso más profundo, más sensual.

Aquello estaba funcionando. Xander se estaba centrando en su cuerpo, estaba acariciando sus curvas. Aquello era lo que necesitaba, aquella abrumadora oleada de sensaciones físicas que solo él era capaz de hacerle sentir.

Porque aquello lograba bloquear el resto de sus sentimientos, los que rodeaban su corazón y amenazaban con desmoronar todos los muros que había erigido para protegerse.

Cuando Xander había dicho que iba a contarle la verdad a su padre había sentido que su mundo acababa.

Pero ahora estaba allí, diciéndole cosas románticas, cosas que no tenían nada que ver con el sexo, con la conveniencia o el honor, y eso no podía asumirlo. No sabía cómo manejarlo.

–Tómame –rogó contra los labios de Xander–. Con fuerza. Ahora.

Pero él no obedeció. Siguió besándola con tal ternura que casi resultó doloroso. Pero Layna no quería amar ni ser amada. No quería preocuparse por nada, porque la llamaran Princesa Zombi, o por lo que Xander pensara de su aspecto, o por si permanecería con ella para siempre o solo durante unos meses.

–Basta –dijo a la vez que empujaba a Xander contra la pared que tenía a sus espaldas–. Deja de ser amable. Bésame de verdad –como si no hubiera nada más, como si la prensa no existiera, con la fuerza necesaria para hacerle olvidar...

Cuando Xander comenzó a besarla y acariciarla con más fuerza y entrelazó los dedos en su pelo para tirar de su cabeza hacia atrás, sintió que aquello era lo que quería.

–Eres preciosa... –murmuró Xander con voz ronca junto a su oído.

–No necesito tus mentiras...

–¿De verdad crees que tus cicatrices te quitan todo lo demás, anulan quien eres? ¿De verdad crees que esas marcas te quitan todo tu encanto, tu belleza? Tus labios, tu pelo, tus ojos... son dignos de ser adorados por cualquier hombre.

–Pero no necesito que me adoren. Lo que necesito es a ti, ahora...

–¿Lo único que quieres es sexo? –preguntó Xander con un extraño matiz en la voz.

–Sexo y trabajo en conjunto. Cualquier otra cosa sobraría.

Sin decir nada, Xander la tomó en brazos y la sentó en el escritorio antes de empezar a desnudarse rápidamente.

–Quítate la ropa –ordenó–. Toda.

Y Layna obedeció. Se quitó la blusa, los pantalones, las braguitas y el sujetador, y luego permaneció con las piernas abiertas, sentada en el borde de la mesa mientras Xander se situaba entre sus muslos. Tras tomarla por las caderas, comenzó a penetrarla lentamente, haciéndole consciente de cada centímetro de su poderosa hombría.

–Mírame –dijo a la vez que la tomaba con una mano por la barbilla para hacerle alzar el rostro.

Layna obedeció, reacia y, en cuanto lo hizo y miró a Xander, sintió que su corazón se henchía. Bajó de nuevo la mirada y apretó los ojos.

–No dejes de mirarme.

–Xander...

–Te quiero.

–No... –susurró Layna, y negó con la cabeza a la vez que una solitaria lágrima se deslizaba por su mejilla–. No me ames. No me pidas que te ame.

Xander tomó su rostro entre las manos y la besó en los labios sin dejar de penetrarla una y otra vez con creciente fuerza. Un instante después, Layna alcanzó el orgasmo en una tormenta perfecta de agonía y éxtasis.

Cuando volvió en sí, Xander la estaba estrechando entre sus brazos y ella estaba sollozando.

Por culpa de Xander.

–No puedo... –murmuró a la vez que lo empujaba.

–¿No me quieres?

–¿Y por qué crees tú que me quieres? Pero no respondas a eso. No puedo... no puedo respirar –dijo a la vez que se ponía a recoger su ropa con toda la rapidez posible–. Pensaba que podría hacer esto, pero no puedo.

Si no me preocupo por mi aspecto nadie podrá hacerme daño insultándome. Si no te quiero no me desmoronaré cuando me dejes. No puedo volver a caer en una depresión como la anterior. No podría soportarlo...

—No voy a dejarte, Layna —dijo Xander a la vez que la sujetaba por los brazos—. Jamás. He hecho una promesa y pienso mantenerla.

—A pesar de tu promesa has ido a ver a tu padre para contarle la verdad, y eso puede hacer que lo pierdas todo, que me pierdas a mí...

—No necesito ser rey para tenerte a ti, pero sí te necesito a ti para ser mejor hombre. Te necesito. ¿No lo entiendes?

—¿Y qué pasará cuando ya no me necesites? ¿Volverás a huir?

—No confías en mí, ¿verdad?

—No me fío de nada... Ni de ti... ni de...

—¿Dios?

—¡No tienes ni idea, Xander! Seguro que tú no pensaste en el suicidio, pero yo sí. Pensé mucho en ello.

—Yo nunca pensé en ello. Supongo que asumí que con correr hacia la muerte a toda velocidad a base de drogas y alcohol lo conseguiría. No lo conseguí, pero sé de qué me estás hablando, Layna. Pero hoy me he liberado de un gran peso y quiero que tú hagas lo mismo.

—No podría volver a recuperarme, Xander... Ya he utilizado toda mi fuerza y no puedo arriesgarme de nuevo, no puedo arriesgarme a caer de nuevo en ese pozo...

Xander bajó la mirada hacia el escritorio en el que acababan de hacer el amor. Seguía desnudo, pero no parecía preocuparle.

—Mi padre me ha dicho que, digan lo que digan las pruebas de ADN, me considera su hijo.

—Me alegro por ti, Xander. Supongo que ahora no

necesitas una esposa... al menos una como yo. La gente de Kyonos te ha aceptado, pero yo soy la «Princesa Zombi». Solo sería una carga para ti, y todo el país se sentiría avergonzado de tener una reina con este aspecto.

–No te necesito por lo que la gente piense de ti, Layna. Te necesito porque eres la única mujer en el mundo para mí. Porque te amo más allá de las palabras. Porque solo tú has sido capaz de alcanzar mi interior e iluminar mi verdadero ser. Tú has hecho que me viera a mí mismo realmente por primera vez, que supiera quién quiero ser...

–No puedo ser la mujer que necesitas –dijo Layna a la vez que se apartaba de él–. No puedo vivir así, con la prensa asediándome todo el rato. Me han sacado fotos, Xander. Y hace un rato ha llamado un periodista y me ha preguntado si me hacías el amor a oscuras, así que, aunque la gente de Kyonos me aceptara, no puedo hacerme esto a mí misma. Nunca me dejarán en paz, nunca dejarán de hostigarme... y no podré soportarlo.

–¿No me quieres, Layna? –preguntó Xander.

Layna negó con la cabeza mientras sentía que sus defensas se alzaban de nuevo en torno a su corazón.

–No.

–Comprendo.

–Voy a irme.

–¿A tu cuarto?

–No. Lejos de aquí. Lejos de ti.

–¿Vas a huir? Creía que habíamos quedado en no volver a huir. Creía que era una promesa.

–No, Xander –susurró Layna–. Tú lo prometiste. Yo no. No quiero estar sometida al escrutinio público. No quiero tu amor.

–Pero lo tiene. Y quiero que lo tengas, Layna. Quiero que lo tengas todo.

–¿Cómo te atreves? –exclamó Layna, sintiendo que

se desmoronaba por dentro–. ¿Cómo te has atrevido a robarme la poca seguridad que tenía? ¿Cómo te has atrevido a arrancarme de mi tranquila vida para traerme aquí? Dijiste que seríamos socios, compañeros... ¡no que exigirías mi alma!

–Pero tú tienes la mía, *agape*...

–Pues tu no tienes la mía. Y me voy. Adiós, Xander. Te deseo la mejor suerte gobernando, y espero que no tardes en encontrar a tu futura reina.

–¿Qué puedo hacer para que te quedes? –la desesperación del tono de Xander fue como un puño cerrándose en torno al corazón de Layna.

–Muéstrame el futuro. Demuéstrame que no pasará nada. Demuéstrame que si elijo volver a desear, a sentir, a necesitar, no volveré a quedarme de pronto sin nada. Demuéstrame que no volverás a irte, que no me engañarás. Demuéstrame que cuando ya no me necesites más para asentar tu reputación no querrás irte con alguna otra, que no me rechazarás.

Xander se pasó una mano por el rostro con expresión de agotamiento, de derrota.

–Mujer de poca fe... –dijo riendo amargamente–. Has pasado quince años en un convento simulando ser una mujer de fe cuando en realidad careces de ella. Tienes miedo de respirar hondo, Layna Xenakos, tienes miedo de cambiar por temor a que Dios se enteré y decida volver a golpearte. Tienes miedo de vivir.

–¡Eso no es cierto!

–Claro que lo es. Yo al menos estoy dispuesto a dejar mi pasado atrás para seguir adelante. Tú no quieres volver al infierno en el que viviste, pero mantienes un pie en él para recordarlo. Alimentas tu miedo. ¿Qué sentido tiene protegerse si lo que estás protegiendo es una vida a medias?

–Dime por qué debería fiarme de ti si tu vida no ha sido más que una continua huida –espetó Layna–. Tú no te has ganado mi fe, pero eso no quiere decir que no la posea.

Xander la miró como si lo hubiera abofeteado.

–¿No me he ganado tu fe? Después de mis promesas, de entregarte mi cuerpo y mi alma, ¿no me he ganado tu fe? Cuando hui la primera vez no te había hecho ninguna promesa. Nada. Los compromisos se cancelan a veces y el nuestro se canceló. Pero ahora quiero prometerte todo lo que no te prometí entonces. Te doy mi palabra de que jamás te dejaré, pase lo que pase. Te entrego todo mi ser. Lo pongo a tus pies ahora, Layna. Y ahora dime que no me he ganado tu fe.

Al ver el dolor que reflejaba la mirada de Xander. Layna tuvo que apartar la suya. Se quitó el anillo y, con mano temblorosa, se lo entregó a Xander, que lo aceptó como un autómata.

–Esta es la segunda vez que devuelvo un anillo a tu familia. No creo que debas ofrecérmelo una tercera.

–¿Es eso lo que realmente quieres? –preguntó Xander, tenso.

Layna tuvo que esforzarse para no llorar mientras asentía.

–Sí. Lo es.

Layna salió de la habitación ignorando las llamadas de Xander. Ignoró el sonido de sus pasos tras ella mientras corría a su dormitorio. Una vez dentro, miró todas las cosas bonitas que había a su alrededor y decidió que no necesitaba ninguna.

No pensaba parar de correr hasta encontrarse a salvo, hasta dejar atrás el muro de dolor y sufrimiento que amenazaba con desmoronarse de nuevo sobre ella.

Capítulo 14

LAYNA cabalgó hasta que los músculos le ardieron y los pulmones empezaron a dolerle. Detuvo su montura y contempló el océano desde el borde del acantilado.

De manera que aquel explayboy jugador y borrachín pensaba que ella carecía de fe. Se habría reído si no hubiera sentido que se estaba desmoronando por dentro. Estúpido. Estúpido.

Cerró los ojos y respiró profundamente. La madre superiora ni siquiera había parpadeado al verla de regreso, pero aquella mañana le había dicho que debía decidirse ya. O tomaba sus votos o tendría que buscarse otro lugar al que ir.

Y Layna era consciente de que aquel no era un lugar en el que esconderse. No era justo que impusiera su presencia en el convento.

Maldijo a Xander en silencio.

Le había pedido que tuviera fe en él, pero no le había dado ninguna garantía de que no fuera a dejarla abandonada en el mismo pozo del que tanto esfuerzo le había costado empezar a salir.

Desmontó del caballo y, de pronto, una oleada de profunda tristeza se adueñó de ella.

Xander tenía razón. Carecía de fe. No hacía falta fe para esconderse. No se necesitaba la fe cuando se estaba a salvo, ni detrás del las paredes del convento, donde uno estaba protegido del mundo.

Se había condenado a sí misma a vivir la vida a medias a cambio de aquella seguridad. No era la prensa lo que la asustaba, sino lo que Xander le hacía sentir.

Le hacía sentirse expuesta. No aceptaba sus excusas. No permitía que sus cicatrices lo mantuvieran a distancia. Lo quería todo, pero ella no estaba segura de ser lo suficientemente fuerte como para volver a arriesgarse.

Xander sentía que, si había habido un momento en su vida en el que había querido huir de verdad, era aquel. Quería huir del dolor que le estaba desgarrando el corazón, de las lágrimas, de la desesperación.

Había regresado a Kyonos como un hombre cambiado, para encontrar a una mujer cambiada, y había descubierto que todo lo que había habido entre ellos desde el principio aún seguía allí. Las tragedias experimentadas en sus vidas habían moldeado su carácter, lo que había hecho que encajaran aún mejor que antes.

Pero Layna estaba demasiado asustada como para darse cuenta. Como para confiar en él. Prefería ser infeliz el resto de su vida para no sufrir, y ser consciente de ello lo estaba matando.

También era posible que Layna no lo amara, pero, con él o sin él, estaba eligiendo el miedo por encima de su posible felicidad, y pensar en ello le producía una intensa desolación, porque eso era lo mismo que se había dedicado a hacer él durante aquellos últimos años.

Se había dedicado a huir de todo lo puro y fuerte, de todo lo duro y maravilloso, para encontrar un refugio de la realidad.

Pero aquello había acabado. Amaba a Layna. La amaba más que al trono, más que a su propia vida.

De manera que podía seguir allí rumiando su dolor, o podía ir tras ella. Debía volver a arriesgarse para obtener su amor. Y si no podía tener su amor, le rogaría que dejara ir todo aquel dolor y viviera la vida plena que merecía vivir.

Pero antes de renunciar lucharía por ella con uñas y dientes. Layna era un ser maravilloso que lo merecía todo, y él tenía que asegurarse de hacérselo ver.

–¿Por qué no sales a cabalgar o a dar un paseo?

Layna se volvió hacia la madre Maria Francesca, avergonzada, consciente de que no debería seguir allí lamiendo sus heridas y ocupando un valioso lugar en el convento.

–Creo que será mejor que dé un paseo hacia las colinas –dijo con un hilo de voz–. Tengo mucho en qué pensar.

La madre Maria Francesca le dedicó una mirada de evidente preocupación y Layna trató de sonreír antes de volverse para salir.

Fuera soplaba el viento con fuerza y el cielo amenazaba tormenta pero, a pesar de todo, Layna avanzó con la cabeza gacha hasta lo alto de la colina. Una vez arriba, contempló el océano con los ojos llenos de lágrimas. Pero a pesar de que estaba sufriendo más que nunca, a pesar de tener el corazón destrozado, no sentía que se estaba desvaneciendo en la niebla, en la nada, como le había sucedido antes.

Tal vez se debía a que la imagen del rostro de Xander estaba firmemente impresa en su mente. Tal vez se debía a que en esta ocasión tenía alguien por quien preocuparse, en quien pensar.

Tal vez se debía a que por fin sabía quién era.

Ya no era la jovencita mimada y caprichosa que fue. Ya no era la princesa que nunca llegaría a ser coronada. Fueran cuales fuesen sus circunstancias, tuviera el rostro que tuviese, ella era Layna Xenakos. Y era fuerte. Había pasado por el infierno y se había quemado en el proceso, pero había salido adelante.

Cerró los ojos y alzó el rostro hacia el cielo. No, ya no estaba sola. Y era fuerte.

Daba igual lo que sucediese. Podía fiarse de sí misma.

Y podía fiarse de Xander.

«Oh, Xander».

Necesitaba acudir a su lado. Porque lo amaba. Porque era con él con quien quería estar. Porque aquella era la vida que quería.

Tenía que verlo y rogarle que la perdonara, que volviera a aceptarla tal como era, rota y marcada, y a pesar de lo horrible que había sido con él.

Necesitaba decirle que ya no tenía miedo a nada. Ni al dolor, ni al amor, ni a los medios de comunicación. Lo único que la asustaba era la idea de vivir sin él.

Cuando se volvió para regresar se quedó paralizada al ver que una oscura cabeza asomaba por el camino que llevaba a lo alto de la colina, seguida de un rostro muy familiar y de un cuerpo igualmente familiar.

—Xander —susurró.

Y corrió hacia él para abrazarlo con manos temblorosas mientras sus ojos se llenaban de lágrimas.

—¿Qué haces aquí?

—Te mentí —dijo él con voz ronca mientras la estrechaba con fuerza entre sus brazos.

Layna echó la cabeza hacia atrás para poder mirarlo.

—¿En serio?

–Te dije que ya bastaba de huir. Pero yo estoy huyendo ahora. Estoy huyendo hacia ti.

Layna rio mientras las lágrimas se derramaban por sus mejillas.

–Pues tienes suerte porque yo acabo de dejar de huir. Así que parece que por fin hemos acabado en el mismo sitio.

–Ya era hora –murmuró Xander con evidente alivio antes de besarla–. Ya era hora.

–Te quiero –dijo Layna–. Estaba tan asustada... Pero he recuperado mi fe y acabo de descubrir que ya no tengo miedo.

–Yo aún no puedo ofrecerte garantías, pero sé que siempre estaré a tu lado. Quiero que seas mi esposa y la madre de mis hijos. Tú eres la única mujer para mí. Ahora y para siempre. Hay muchas cosas inseguras en la vida, pero no mi amor por ti.

–No necesito garantías, Xander. No necesito ver lo que va a suceder en el futuro. Solo necesito verte a ti.

–No sabes cuánto me gusta escuchar eso.

Layna rio

–No creo que tanto como a mí decirlo. Lamento haberte hecho sentir que debías demostrarme algo. Siento haber dudado de ti, haber permitido que el miedo me atenazara. Pero eso no volverá a suceder nunca más. Ahora sé lo débil que puedo ser, pero también lo fuerte que puedo ser.

Xander asintió con firmeza

–Eres muy fuerte. Eres increíblemente fuerte. Y tu fuerza es la que me ha ayudado a cambiar, Layna.

–Creo que ambos hemos salido de esto siendo mejores versiones de nosotros mismos, Xander. Y hemos acabado juntos por lo mucho que nos amamos. No por Kyonos. Ni por las apariencias. Ni por ningún otro motivo.

A pesar de que había empezado a llover, Xander tomó a Layna en brazos y dio una vuelta sobre sí mismo mientras ella lo rodeaba por el cuello con los suyos.

—Siempre me he sentido especialmente libre montando a caballo, pero ahora me siento libre sin necesidad de montar.

—Ambos somos libres por fin, Layna. Ambos.

Epílogo

Quince años después...

–Va a sobrevivirnos a todos –Xander se sentó en el borde de la cama y miró a su esposa. Estaba agotado a causa del baile, una especie de puesta de largo de Jessica y de la hija mayor de Stavros. Sus propias hijas habían estado tan excitadas por el acontecimiento que se habían pasado semanas volviéndolo loco con el tema.

De hecho, ya estaban planeando su puesta de largo, a pesar de que aún les faltaban varios años para alcanzar la edad necesaria. Y, como su primo, su hijo pequeño no había mostrado más que desdén por la excitación de sus hermanas.

Xander suspiró. No entendía muy bien cómo había acabado por convertirse en el padre de dos niñas adolescentes y un enfurruñado jovencito.

–Es muy posible –dijo Layna, que estaba sentada al tocador, quitándose las joyas que había utilizado para el baile.

–Es increíble cómo deambula por el palacio con esa especie de carrito motorizado. Es lo más gracioso que he visto en mi vida.

El rey Stephanos había sobrevivido a su enfermedad y a los doctores, y se había vuelto un auténtico y divertido cascarrabias. Xander había asumido casi todas las funciones del gobierno de Kyonos, pero eso no significaba que el rey hubiera dejado de figurar por completo. De hecho, disfrutaba enormemente con su papel de figura decorativa.

—Es el espíritu Drakos —dijo Layna—. Sois todos demasiado testarudos como para daros por derrotados.

Xander sonrió.

—Eso es cierto. Pero aún odio tener que llevar corbata en estos acontecimientos —dijo mientras empezaba a quitársela.

Layna se acercó a él, sonriente, y apoyó ambas manos a su lado sobre la cama para besarlo.

—Menudas torturas tienes que soportar —dijo con una sonrisa.

Xander le besó la comisura de los labios.

—Desde luego.

—Dime, Xander Drakos, heredero al trono, ¿te has arrepentido alguna vez de haber regresado?

—Ni una sola vez. Estoy dispuesto a llevar corbata todos los días mientras estés a mi lado.

—Esa es la respuesta correcta.

—Cada vez se me da mejor el papel de marido.

—Llevas tiempo haciéndolo muy bien.

Xander volvió a besar a Layna, aunque más apasionadamente. Y de pronto se encontró perdido. Como le sucedía siempre con Layna. Los años no habían aplacado su mutuo deseo. Su amor.

Largo rato después, Xander acunó a Layna contra su pecho y le acarició la mejilla marcada.

—Layna Drakos, has hecho que me sienta muy feliz de haber dejado de huir.

Bianca

Ninguno de los dos estaba preparado para lo que ocurriría cuando una noche de placer no fuera suficiente

Kate Watson era una contable estirada que se había criado con una madre que se apoyaba en sus atributos físicos para conseguir cosas y, en reacción a eso, estaba decidida a ser valorada por su inteligencia y no por su belleza. Pero trabajar al lado del famoso multimillonario Alessandro Preda ponía a prueba esa determinación.

Alessandro sentía curiosidad por la virginal Kate. Estaba acostumbrado a que las mujeres lucieran sus encantos delante de él, no a que intentaran ocultarlos. Y sabía que disfrutaría del desafío que supondría desatar el volcán de sensualidad que percibía en ella…

UN DESAFÍO PARA EL JEFE
CATHY WILLIAMS

Acepte 2 de nuestras mejores novelas de amor GRATIS

¡Y reciba un regalo sorpresa!

Oferta especial de tiempo limitado

Rellene el cupón y envíelo a

Harlequin Reader Service®
3010 Walden Ave.
P.O. Box 1867
Buffalo, N.Y. 14240-1867

¡Si! Por favor, envíenme 2 novelas de amor de Harlequin (1 Bianca® y 1 Deseo®) gratis, más el regalo sorpresa. Luego remítanme 4 novelas nuevas todos los meses, las cuales recibiré mucho antes de que aparezcan en librerías, y factúrenme al bajo precio de $3,24 cada una, más $0,25 por envío e impuesto de ventas, si corresponde*. Este es el precio total, y es un ahorro de casi el 20% sobre el precio de portada. !Una oferta excelente! Entiendo que el hecho de aceptar estos libros y el regalo no me obliga en forma alguna a la compra de libros adicionales. Y también que puedo devolver cualquier envío y cancelar en cualquier momento. Aún si decido no comprar ningún otro libro de Harlequin, los 2 libros gratis y el regalo sorpresa son míos para siempre.

416 LBN DU7N

Nombre y apellido	(Por favor, letra de molde)

Dirección	Apartamento No.

Ciudad	Estado	Zona postal

Esta oferta se limita a un pedido por hogar y no está disponible para los subscriptores actuales de Deseo® y Bianca®.
*Los términos y precios quedan sujetos a cambios sin aviso previo.
Impuestos de ventas aplican en N.Y.

SPN-03

Deseo

Pasión y diamantes
Kelly Hunter

Tristan Bennett era alto, atractivo y enigmático. Y Erin, joyera de profesión, no sabía si era un brillante o un diamante en bruto.
Tristan disponía de una semana libre y accedió a acompañar a Erin a las minas australianas a comprar piedras preciosas.
Una vez que Erin y Tristan emprendieron el viaje, la atracción que sentían el uno por el otro les traía locos.
Erin sabía que eso solo le acarrearía problemas, a menos que ambos pudieran controlar su mutua pasión.

Una joya... en su cama

¡YA EN TU PUNTO DE VENTA!

Bianca

Con la llegada del amanecer, se dio cuenta de que no era más que otra de sus conquistas…

Los atractivos rasgos de Leandro Reyes y su poderosa presencia hacían que las mujeres se volvieran locas por él. Era uno de los más importantes directores de cine españoles, por lo que sin duda podría tener a la mujer que deseara. Sin embargo, Isabel sintió que era diferente a todas las demás.

La noche de pasión que compartieron tuvo una consecuencia que Leandro no podría ignorar. Y no lo hizo, sino que tomó una decisión: pedirle a Isabel que se casara con él.

UNA HISTORIA DE CINE
MAGGIE COX